神子で召喚されたけど、隣の人がハイスペックすぎてお呼びでなかった

Satsuki Shindou

新藤皐月

Ruby collection

Contents

登場人物紹介
ジル（＝ジルヴィアス・ダイナス）
S級冒険者。
ダイナス王家の王兄殿下。
誰もが目を
奪われる美形で、
剣の使い手でもある
実力者。
伊藤彰（＝キラ）
神子召喚で
異世界転移した青年。
当初子供並みだった
魔力が急成長。
チート級な魔力を隠して
冒険中。

加々谷要
俳優の卵。
彰とともに
神子召喚で異世界転移。
聖アーガイル帝国では
神子として厚遇される。
キール・トゥエイン
聖アーガイル帝国での
彰のお世話係。
身の置き場のない彰の
唯一の味方だった
優しい青年。
アルフォンス
A級冒険者。
討伐中にキラに
助けられて以来、
懐いてきた
人気者のイケメン。

神子で召喚されたけど、隣の人が
ハイスペックすぎてお呼びでなかった

1．召喚される

俺はいつものように、帰宅ラッシュで人がごった返す駅前から自宅に向かって歩いていた。

俺は公務員だ。昔から勉強がそこそこできた俺にとって、地方公務員は素晴らしい職種に思えた。給料もそれなりに良くて安定してるし、残業少なそうだから。

しかし！　実際はそんなに甘くなかった。確かに身分保障は厚い。それはありがたい。ただ残業……!!　確かに職場全体で見ると残業時間は少ないのだが、それでも忙しい部署はある。

そして何故《なぜ》か俺は就職してからそういう部署にばかり配属されている。あとは癖の強い上司のいる部署……。

職場での俺の評価はどうなっているのだろうか。終業後になにかする気にもなれず、すっかりくたびれサラリーマンである。

今日は久しぶりに早めの時間に帰宅できそうだから、なんか食べて帰ろうかなどと思って歩いていたら、突然足場が沈んだ。……コンクリートのはずなのに。

俺と同じ現象が起きたのであろう、隣で小さく声をあげた青年とともにそのまま地面に吸い込まれ——気がついたら二人してやたら天井の高い建物の中で座りこんでいた。

見渡せば一面白い壁。礼拝堂だろうか。かなり広い。そして目の前にはなんか派手な人達が立っている。

とりあえず皆西洋系の見た目。髪がかなりカラフルだ。ざっと見たところ男性しかいなそうだが、軒並み身長が高い。俺は180センチあり、かなり大きい方だったが、ここにいる人達はほとんど俺より大きい。……というかこれ夢？


「どういうことだ？　何故二人いる？　儀式は失敗か？」

赤い髪の偉そうなイケメンが喋《しゃべ》った。あれ、日本語じゃなさそうだけど意味がわかる。

「いえ。儀式は成功しております。お二人のどちらかが神子《みこ》様で間違いありません」

牧師的な服装の人が言う。

「あの、ここはどこでしょうか」

俺と一緒に落ちてきた青年だ。

よく見たら、彼も目の前の人達に負けず劣らず、いやそれ以上に華やかな美青年だ。ハーフかな？　身長も高そうだし、色白で、髪も目も茶色だ。

服装もめっちゃお洒落《しゃれ》でだいぶ金をかけていそうな感じ。俺のまわりにはいなかった芸能人みたいな人だ。

「この国は聖アーガイル帝国で、私は皇太子のレオナルド・アーガイルだ。古《いにしえ》より伝わる召喚の儀により、救世主となるべき神子様を召喚させていただいた。我が国は瘴気《しょうき》の脅威にさらされている。どうか我が国を救うべくお力をお貸しいただきたい」

赤髪は皇太子か。見た感じかなり若いが、やっぱり偉い人だった。

「まじか。異世界か。神子だったら瘴気を浄化していくんですか。魔法が使えるとか？　神子の扱いはどうなってるんですか？」

異世界と分かった途端、突然茶髪美青年が目を輝かせ、前のめりで食いついた。

「神子は浄化や癒《いや》しといった光属性の魔法の使い手だと聞いている。我々とともに瘴気を浄化し、傷ついた民を癒してほしい。神子は我が国を救う切り札であるから、もちろん王家で手厚く保護すること」になっている。王城に部屋を用意し、無事瘴気の脅威を払えたなら、望む褒賞をなんでも与えようと
「なるほど。自分が召喚されるなんて光栄です。自己紹介が遅れました。加々谷要《かがやかなめ》です。カナメがファーストネームです。私にできることならなんでも協力いたします！」

そう宣言して綺麗《きれい》な笑みを浮かべる茶髪美青年は、あたかも祝福された英雄みたいだ。いかにも主人公らしく振る舞う彼の姿を、映画のワンシーンを見ているような心持ちで、俺はぼんやりと眺めていた。

「カナメ殿か。なんともありがたいな。あなたみたいに美しく優しい神子が来たことに感謝しなければ」

「しかし、伝承では神子は黒髪黒目だと……」

牧師の人だ。

「ああ。僕達日本ていう国から来たんですけど、日本では確かに黒髪黒目が多いですが、僕みたいにハーフだったりして生まれつき茶髪の人も結構多いんですよ。目の色も人それぞれですし」

「過去の神子はたまたま黒髪黒目であっただけだろう。生まれ持った色彩が魔力や属性に影響すると

は考えられん。何よりカナメ殿のこの神聖さを感じさせる美貌《びぼう》と清らかな雰囲気はまさに、伝承の神子どおりではないか。さあ、カナメ殿の部屋をすぐにでも用意させよう。夜は歓迎の晩餐会《ばんさん》だ」

うん。たしかにかなめさん綺麗な人だよな。俺黒髪黒目だけど、顔平凡だし。とりあえず、お目当ての神子様を召喚できた上に本人もやる気みたいだし、めでたしめでたしってことで……って、ちょっと待て。

……なんか盛り上がってるところ悪いけど……さっきから気になってるんだ。まさか……まさか……。

「あの、私は明日も仕事なのですが、帰れますか？」

……やばい、しーんとしてしまった。赤髪が少し強張《こわば》った顔でこちらを向く。

「あなたの名は？」

「あっ、伊藤彰《いとうあきら》と言います」

「イトウ殿。カナメ殿は快く協力すると言ってくれたのに、あなたは我が国を助けるつもりはないのか」

え？　俺の協力要ります？　かなめさんがやる気だからそれでいいんじゃないの？　現時点ではどっちが神子か確定してないから、とりあえずお前もやる気見せとけってこと？

「ええと……まず帰れるのかどうかを確認したいのですが」

「残念ですが、こちらから元の世界に帰る術《すべ》はございません」

頭が真っ白になる。

「……帰れない？　永久に？」

「心配せずとも、神子の生活は王家と神殿が保証する。不自由はさせないと約束しよう。過去の神子達もここで生を全《まっと》うしてきたのだから不安に思うことはない」

この世界に召喚された者はとりあえず神子として扱われ、元の世界に戻れずこの世界に拘束されてしまうらしい。生活は保証するから心配するなって？　冗談じゃない!!

赤髪がその後も何か話していたが、俺の頭には全く入ってこなかった。

俺は家族を、友人を、仕事を失ったらしい。


その後はあれよあれよと着替えさせられ、晩餐会へ連れて行かれた。内輪だけのもので、出席者は王城の関係者と少数の神殿関係者のみ。

皇帝陛下と王妃、要職の方々に挨拶《あいさつ》させられたが、俺は心ここにあらずの状態で、正直次会っても誰《だれ》もわからないかもしれない。食事も豪華だったように思うが、ほとんど喉《のど》を通らなかった。

帰り際に神官から、明日以降魔力測定等を行い、どちらが神子か判断すること、神子が決まればお披露目の機会を設けることの説明を受け、それぞれの部屋に案内された。

俺はこの混乱を誰かと共有したくて、加々谷君の部屋を訪ね、人払いしてもらったうえで話をした。

「なあ。俺達もう元の世界に帰れないらしいよ。信じられないよな……。俺仕事もあるし、親にだって何も言えてないのに……。こんな無理やり連れてこられて帰れないなんて、そんな酷《ひど》い話ないだろ。

加々谷君は平気なのか？」

「うーん。実は俺、元の世界にあんま未練ないんですよね。家族はいますけど、昔から仲良くないし。恋人も……そんな執着するほどじゃないかな。俺俳優の卵やってたんですけど、特に絶対やりたかった仕事もないですし。伊藤さんて何してたんですか？」

「俺、地方公務員」

「あーそんな感じ。真面目《まじめ》で堅実って感じですもんね。それより、異世界召喚とかテンション上がりません?!　こんなの現実で経験できる人ほとんどいないですよ！　ゲームとか小説みたいにきっとこれからなんらかの冒険が始まるんですよ……！」

「……嬉《うれ》しそうだな。羨《うらや》ましいよ。加々谷君、何歳？」

「二十一です。伊藤さんは？」

「若いなー。俺はもうすぐ二十八だよ」

くそ。この適応能力の高さは年のちがいか？

「へー。なんか実際より若く見えますね。二こ上くらいかと思ってました。そうだ！　これ言っときたいんですけど、俺絶対神子がいいです。主人公しかやりたくないタイプなので。なんで神子認定もぎ取りに行きますから、伊藤さんは『巻き込まれた人』の方でお願いします。それで、俺は全力で俺のためだけに行動しますんで、伊藤さんのこととか考えないですけど悪く思わないでくださいね！　時々お話しするくらいはいいですけど、俺の邪魔になったらそっこー切りますんで！」

加々谷君がめちゃくちゃいい笑顔で笑った。……こいつ儚《はかな》げな見た目と違っていい性格してんなー……。

とりあえず加々谷君が味方にならないことが確認できたところで、俺は部屋に戻ることにした。

2．神子じゃなかった？

すっかり皇太子の中での印象を悪くしてしまったらしい俺だが、一応神子の見極めが終わるまでは神子候補ということで、加々谷君同様の豪華な部屋を与えてもらった。

ほんとにまさに映画に出てくるような、中世ヨーロッパ風の部屋だ。アンティーク調の家具、無駄に凝った刺繍《ししゅう》が入ってるカーテンやらベッドカバー……。

「イトウ様。私は本日よりイトウ様のお世話をさせていただきます、キール・トゥエインと申します。イトウ様がご不便のないよう何でもお申し付けください」

焦茶の髪に深緑の瞳《ひとみ》、優しそうな青年だ。

「ありがとうございます。どのくらいお世話になるかわかりませんが、よろしくお願いします。私は身の回りのことは大抵自分でできますので手伝いは不要です」

「承知いたしました。私は隣の控え室におりますので、何かございましたらそちらのベルでお知らせください。それと、私に対しては敬語は不要でございます」

「わかった。馴《な》れ馴れしいかもしれないけどキールと呼んでも？　とりあえず必要なものの場所と、部屋の設備の使い方教えてもらっていいかな」

部屋の中のものについてひと通り説明してもらい、その日は寝ることにした。

未《いま》だかつて寝たことがないほど豪華なベッドでの就寝だったが、ショックが抜け切らない俺の眠りは、安眠からはほど遠かった。

翌日は昨日《きのう》の神殿の一室に連れて行かれ、魔力測定をやることになった。皇太子も同席するため、護衛やらなんやらで大所帯だ。

部屋につくと昨日の牧師の人が話し出す。グレーの髪に同じくグレーの瞳、背は高いが威圧感はない。四十代くらいに見える。

「自己紹介がまだでしたね。お二人の召喚の儀に立ち会いました、大司教のエルモ・ドーラントと申します。本日はお二人の魔力と属性を簡易的に調べさせていただきます。こちらの台の上でこのプレートをかざしてください」

言われたとおりに、木製の台に近づく。台の表面には薄い金属の板がつけられており、複雑な文様が刻まれている。加々谷君、俺の順番で手渡された銀色のプレートをかざした。あっという間にプレートに文字が浮かび上がる。

結果は以下のとおり。

加々谷要
魔法属性：光、水
魔力：７０００

伊藤彰
魔法属性：光
魔力：300

……はい。見ての通り、加々谷君ハイスペックそうです。

「なんと！　カナメ殿は二属性持ちか！　素晴らしい！　そのうえ魔力量も宮廷魔術師並みではないか！」

「えぇ。歴代の神子様達も魔力量が並外れて多かったと伝えられています。カナメ様にはすぐにでも魔法を学んでいただきましょう」

皇太子とローブを纏《まと》った魔術師風の人が盛り上がっている。

「それに比べてイトウ殿は……」

「光属性ではあるようですが、魔力が圧倒的に少ないですね……生まれたての子どもと変わりません……。これでは魔法が使えるようになっても神子の任務は行えないでしょう」

「では神子はカナメ殿で決まりだな。そうとなればお披露目の準備を！　疲弊した民達の希望となるだろう。カナメ殿、今後について話をしよう」

満足げな加々谷君と皇太子、魔術師的な人、護衛達が退出していき、大司教と数人の神官、俺だけになった。

「申し訳ありません。イトウ様は召喚の儀に巻き込まれてしまったようです……」

「私はどうなりますか？　城からは出されますか？」

「いえ。少なくともすぐ出されたりはしないはずです。神子様達の対応は皇太子殿下が責任者なので、私からはなんとも申し上げられませんが……。万が一城を出されたとしても神殿が力になります。イトウ様がこの世界にこられたのはなんらかのご縁があるはず。伝承の神子様でなくとも神のご寵愛《ちょうあい》があることでしょう」

「……」

エルモさんに慰められてしまった……。思いやりは感じたので曖昧《あいまい》に微笑《ほほえ》んでおく。

部屋に戻るとキールがお茶を用意してくれていた。この様子だと神殿での話は伝わっているのだろう。

「キール。もう聞いたかもしれないけど、俺は神子じゃなかったらしい。それで、一応身の振り方を考えたいんだ。キールの仕事かどうかわからないけど、この世界のことを色々教えてほしい」

「さようでございますか……。もちろん私でお役に立てることでしたらなんでもお教えします」

その後はキールの分のお茶もお願いし、二人でお茶を飲みながら色々と話した。

この世界には何年かに一度瘴気《しょうき》が大量発生するらしい。見た目はほんとに黒い霧みたいな感じだそうだ。発生の間隔は決まっておらず、数十年おきのときもあれば、何百年も発生しないこともあるとのこと。

瘴気が発生すると周辺で謎の疫病が流行《はや》ったり、作物がとれなくなったり、魔物が大量発生したりするため、人々の生活が脅かされるらしい。

瘴気をおさめるためには発生場所の地道な浄化が必要となるが、この世界に瘴気に対応できる浄化魔法を使える人間がいないため、異世界から神子を召喚する。

この国では今までずっとそうして瘴気の大量発生を抑えていたらしい。この国の人達にとって神子は救国の英雄で、神子に仕えるのは大変名誉なことだと。

この世界にはキールが知るだけでも二十以上の国があるが（他大陸の地図は出回っていないらしい）、少なくとも同じ大陸の中では、神子の召喚に関する情報はアーガイル帝国のみが握っており、瘴気発生の際には他国へ神子を派遣することで周辺国に恩を売り、権威を保っているとのこと。

神子が派遣できない地域はどうなるのか気になるところである……。

神子関係の話、もっと早く聞きたかったな。いや、皇太子とかが説明してたけど、俺が聞いてなかっただけ？

この国では茶髪が最も多いが、カラフルな色の髪も多く、特に高位貴族では華やかな髪色が一種のステータスらしい。黒髪黒目はいない（黒髪は稀《まれ》にいるが、黒目は他国にもいないのではないかとのこと）。

美意識は元の世界とあまり変わらないようだ。俺はこの世界に来てから、外見をべた褒めされたことはないので、よくある黒髪黒目補正はかからないらしい。とても残念だ。

ちなみに男女比は七対三らしく、ほとんどの国で同性婚が認められているらしい。同性が恋愛対象にならない人の方が少ないそうだ。

魔物は普通にいるらしく、瘴気が発生していないときでも、騎士団や冒険者が討伐に当たっていて、大きな街には大体冒険者ギルドがあるらしい。

「そういえば魔力測定で魔力量が示されたんだけど、普通の人はどれくらいなのかな？」

「そうですね……成人貴族の平均は２０００くらいです。貴族は魔力の多い者同士の婚姻を好むので、平民より平均魔力量が多いのです。魔法を武器にする冒険者で４０００程度、５０００を超えるのは宮廷魔術師レベルですね」

「そうかー。加々谷君は７０００らしいよ。かなり多いんだな」

「７０００なんて私の知り合いにはいませんよ。さすが神子様ですね。失礼ですがイトウ様は？」

「俺３００だって。生まれたての子どもレベルだって言われた」

「……それは……。この世界にも生まれつき魔力がほとんどない方もそれなりにおりますし、普通に生きていく分には困らないと思いますよ。でももし魔法を使いたいなら、魔力切れに注意してください。あくまで目安ですが、イトウ様の魔力量だと魔力消費量が少なめの初級レベルの魔法を二回も使えば、一日分の魔力を使い果たしてしまいます」

「そうなんだ……俺の世界じゃ魔法が使えなかったから、魔法はかなり楽しみにしてたんだけど」

「属性はどうでした？」

「光属性だったよ」

「それは素晴らしいですね。光属性はとても珍しいのです。需要の高い治癒魔法や浄化も光属性ですが、光属性を持っている者でもこれらが使える者はほとんどいません。強力な使い手となれば、王侯貴族に囲われるレベルです」

「そっか。加々谷君は神子だからたぶん治癒も浄化もいけるんだろうな。あと水属性も持ってたよ」

「光属性な上に二属性持ちですか。複数属性の方は時々いますが、光属性で二属性持ちは初めて聞きました」

いいなー。加々谷君チートか……。どうせなら異世界人共通チートも欲しかった……。俺もなんか魔法以外の適性ないかなー。

キールは若いのに博識だ。俺より年下の二十四歳らしいが、信じられないくらい落ち着いている。

午後は特に予定もなかったので、キールが渡してくれたこの世界に関する本を読んで過ごした。

その日の夜に文官から、神子のお披露目は二ヶ月後で俺も異世界人として出席すること、加々谷君は明日から魔法を学び神子として活動すること、それから俺は好きに過ごして良い旨を伝えられた。

これは完全放置の流れだなと思ったものの、衣食住に困っていないだけありがたい。

魔力はほとんどないが、やっぱり魔法への憧《あこが》れが捨てられなかったので、キールに頼んで魔術書を借りてきてもらって部屋で独学することにした。

入門書を読んでわかったことは、魔法には光、闇《やみ》、水、風、火、土、無属性の七種類があること。無属性は他の属性に該当するもの以外という括《くく》りなので、何でもありらしい。

また、同じ魔法を使っても使い手ごとに癖が出る場合があり、イメージと詠唱が上手《うま》く行けば、新しい魔法を創り出すことも可能であること。

そして俺が適性を持つ光属性魔法は、治癒、浄化、光を灯《とも》すこと、電撃あたりが含まれるらしい。

ただし、電撃は初級魔法からかなりの魔力を消費するようだ。

とすると、治癒、浄化ができない俺ができるのって、光灯すだけ……？　人間ライトを極めるしかない……。

「えーと、まずは『血液にのって魔力が循環するのを感じる』。うっすらイメージできたか……？『魔力を放出するイメージで詠唱』。初級の点灯の詠唱はっと……あった！《聖なる光よ我が下に集まりたまえ。我が道を照らせ》」

指先に光が灯る。

「おぉーできた。消すときは……『魔力の放出を止めるイメージ』……消えた！」

「でも、ただ光灯すだけで毎回この大げさな詠唱ちょっと恥ずかしいな……。省略できたりしないかな。例えば……《ライト》」

……できた！　無詠唱でできないか試してみたいところだが、残念ながら二回魔法を使ってしまったので明日だな。

俺は結構なんでも器用にこなすタイプなのだ。ただ、勉強でも仕事でもスポーツでもゆっくり成長するタイプだった。

なので、魔法が一回で習得できたことで俺は上機嫌だった。たとえ使った魔法はしょぼくて、その上おそらくほぼ伸びしろがないとしても……。

それから数日は同じような生活だった。キールに用意してもらった本を読んだり、キールからこの世界についての話を聞いたりした。そのうち王城から出されるかもしれないので、通貨の使い方とか生活に密着した情報も積極的に教えてもらうようにしている。

魔法は無詠唱で発動できることが判明した。ちょっと離れた場所に灯《あか》りをつけてみたり、明るさを変えたり、照らす範囲を変えるなど試してみて、立派な高性能人間ライトになったと思う。ただ何しろ点灯魔法しかできないようなので、一週間もすればやることがなくなった。

ずっと部屋にこもっているとストレスが溜《た》まるので、時々は主にキールかザック（俺の護衛騎士。二十歳の爽《さわ》やか好青年だ）とともに、庭園を散歩したりしている。

部屋の外を歩いていると、加々谷君の噂《うわさ》が耳に入ってくる。彼は治癒も使え、浄化もマスターしたようだ。既に時々怪我《けが》人の治癒を行っているみたいだ。赤髪の皇太子は彼につきっきりらしい。

俺は初日の晩餐《ばんさん》会以来、特に催しに呼ばれることもなく、キールとザック、交代で部屋にきてくれるメイドくらいにしか会っていない。

「これはこれはイトウ殿ではございませぬか」

ザックとともに庭園へ向かって長い廊下を歩いていると、よく見かける若い官吏の集団の一人がわざとらしく声をかけてきた。最初に会ったときに名乗られた気がするが覚えていない。

「カナメ様のお話は聞きましたか。浄化だけでなく治癒魔法もこの短期間で習得されたと。カナメ様に魔法を教えている宮廷魔術師長がカナメ様の才能を絶賛しておられたそうですよ。既に救護院に出向いて怪我人の治療も行い、民に尽くしておられます。さすがは神が遣わされたお方ですね。……ところでイトウ様も光属性だとか。カナメ様に同行されないのですか」

「……私は魔力量が少ないですし、魔法は誰《だれ》にも習っておりませんのでお役に立てないかと」

「そうでしょうね。イトウ殿の魔力は生まれたばかりの子どもと同じだそうですものね。魔法を習う必要すらない。ははっ」

集団からも馬鹿にしたような笑いが起きる。

「自由な時間がたっぷりあって羨《うらや》ましいですね。カナメ様にあなたの自由時間を分けて差し上げたいくらいです。それではどうぞお散歩を楽しんで」

やっと彼らが立ち去ったのを見て、小さくため息をついた。

「イトウ様は我々の都合で無理にこちらに召喚した方なのに……。俺ももう少し階級が高ければ反論できるのですが。悔しいです」

ザックが唇を噛《か》みしめている。

「ありがとう。俺の味方少ないからそう言ってくれるだけで十分だよ。まぁ役に立ってないのは事実だし。立ち止まっててもなんだからとりあえず庭園に行こう」

最近の問題はこれだ。

神子の特徴なのか本人の資質なのか知らないが、加々谷君は独特のカリスマ性を存分に発揮しているらしく、心酔している者がものすごく多い。

信者の中には、同じ異世界人でありながら何の役にも立たず、形式的には、加々谷君同様客人扱いになっている俺が気に入らない者がいるようだ。

嫌味を言われたり、足を引っ掛けられるなどの地味な嫌がらせをされる。嫌がらせをしてくるのは若い官吏や騎士が特に多い。

神子なら彼らより身分が高いと思うのだが、俺の立ち位置は不明だ。無力な自覚もあるのでひたすら流すようにしている。

3. 初めて街に行く

この世界に召喚されてから一ヶ月が経《た》った。俺の生活はそう変わらない。王宮図書館で本を借り、ほとんどひたすら読書だ。魔法は点灯をコンプリートして以降は実践していない。

たまにザックに剣の稽古《けいこ》をつけてもらうようになった。もちろん木刀だ。成果は芳しくはないが、運動不足解消にはなっている。合間に護身術も指導してくれるので真剣に取り組んでいる。

そしてなんと今日は初めての街歩きだ!!

神殿から王城に移動したときはぼーっとしていて全く景色《けしき》を見なかったので、今回初めて街並みを見る。

城下町までは馬車移動だ。窓の外を見れば、ヨーロッパ風の街並みが広がってる。大学卒業時に行ったイタリアの街並みに似ていてテンションが上がった。

「イトウ様。どこか行きたいところはございますか」

「どんな店でどんなものが売っているか見たいんだ。話題になっている店とかがあったらそれも知りたい」

王城を出たら、異世界知識チートで商人として荒稼ぎとかできないかな。

「かしこまりました。それでは大通りを中心にまわりましょう。最近話題の店もいくつか調べておりますので、後ほどご案内いたします」

さすがキール！　できる男は違う。

俺の黒髪黒目は目立つとのことで、城で用意されたローブのフードを深く被《かぶ》る。逆に目立つのではないかと不安になったが、街中には同じようにフードを深く被った人が普通に歩いていて安心した。周りをみれば、この世界の人達はとても体格が良いようだ。俺の身長でも成人男性の平均くらいなのかもしれない。

大通りはものすごく楽しかった。雑貨屋、本屋、服飾品店などをまわった。過去の神子の功績か着物っぽいデザインの服も売られていた。

中でも一番楽しかったのは魔道具店だ！

口頭で話したことを自動で書きとってくれるペンや、いわゆる異次元収納バッグなど便利なものがたくさん売られていた。

もちろん魔法ライトもあった……いいんだ。俺の方が高性能だから。点灯時間は短いけど……。

魔道具の多くには魔石が用いられている。魔石には魔法を封じることができるようで、この魔石のおかげで多種多様な魔道具の製造が可能になっている。

石の大きさは色々であり、大きいほど威力の高い魔法に使えるが、値段も格段にあがる。使用者の魔力を流すことで魔道具は使用でき、その際の魔力は自分で魔法を発動するときと比べ圧倒的に少量で済むらしい。

複雑なものでなければ既存の物に魔法効果を付すこともできるらしく、このタイプの魔道具であれば使用に魔力は必要ない。収納バッグはこっちのタイプだ。

「色々あるんだなー。欲しいのが多くて迷う……あっ。でも俺金持ってないんだった……」

「資金なら心配しないでください。こちらをどうぞ。大司教様より、神殿の神子関連予算からいただきました」

キールが硬貨の入った革袋を渡してくれる。

「でも俺何もしてないいし。働いてないのに貰《もら》えないよ」

「いいえ。遠慮なく貰えばよろしいのです。イトウ様は全《すべ》てを手放して無理やりこちらに呼ばれたのですから、王家なり神殿なりが生活の保障をするのは当たり前です」

「……じゃあお言葉に甘えて。実際金ないと困るしな。今度会ったらエルモさんにお礼言おう」

かなり悩んで、ウエストポーチ型の超小型収納バッグ（容量は馬車二台分。めちゃくちゃ高かった）、一度だけ結界が発動するミサンガ的なものを三つ買った。俺は自衛手段がないので恒久的に結界が発動する魔道具が欲しかったのだが、とんでもない値段だった。

キールに渡された革袋にはかなりの大金が入っていたが、次いつ支給されるかわからない以上残しておいた方が安心だ。

昼はキールが調べてきたレストランで食事をとり、午後も少し店をまわり早めに城に戻った。

俺の護衛はザックのみだし、城下町は比較的治安がいいとはいえ、日が暮れた後はあまり出ない方が良いそうだ。

街歩きの翌日から、俺はなんとなく魔法の実践練習を再開することにした。繰り返しているうちに魔力切れのタイミングが体感でわかるようになった。限界に近づくと力が抜けてくるのだ。

一度やり過ぎてしまったときはしばらく完全に動けなくなった。なので力が抜けはじめたタイミングでやめることにしている。

練習を再開してから気になっていることがある。

「キール、魔力量って増えるのか？」

「子どもは成長とともに増えますよ。成人になってからは……微増することはあってもあまり大幅に増えたという話は聞きませんね」

「そうなのか……」

実は一日に使える魔法が増えている。最近は結構魔法を使っても魔力切れの感覚に陥ることがほとんどない。ただ魔力量の確認はできないし、知られると面倒な気もするので黙っておくことにした。

4. 神子のお披露目

そうこうしているうちに加々谷君のお披露目の日になった。

最初に大聖堂で国内の主要貴族へのお披露目を行い、王城のバルコニーから国民向けに顔見せ、夜は周辺諸国の王族などを招いての晩餐会が行われる。

以前は、俺も異世界人として参加するようにと言われていたが、俺は大聖堂でのお披露目のみ参加で他の催しの間は自室にいるよう指示された。

百人以上は収容できそうな広い大聖堂には、国内の主要貴族の代表者が集っているようだ。全面白い壁で荘厳な印象の空間が、参加貴族の髪色でとてもカラフルに彩られている。

俺は若手神官達とともに入口近くのスペースにそっと立っていた。

「よく集まってくれた。我が国は三百年ぶりに無事召喚の儀を成功させ、神子を得ることができた。本日は我が国の主柱となる諸君に我らが救世主を紹介しよう。カナメ様、どうぞこちらへ」

王冠を身につけた白髪《しらが》の威厳ある男性の声が響く。初日の夜会以来初めて見る皇帝陛下だ。

白地《しろじ》に豪華な金の刺繍《ししゅう》がなされたローブを纏《まと》った加々谷君が、大きなステンドグラスを背に祭壇の前に立つ。後方から差し込む光がその麗しい姿を照らす。隣には誇らしそうな皇太子が寄り添っている。

「本日はお集まりいただきありがとうございます。異界から神の導きにより参りましたカナメ・カガヤと申します。神子として皆様とともに瘴気《しょうき》の脅威を払いこの国の未来のために尽くしますので、どうぞお力添えをお願いいたします」

凛《りん》とした声で挨拶《あいさつ》をし、神秘的な微笑みを浮かべる姿はまさに神がかっている。

これは信者も増えるはずだ。実際多くの参加者の視線が彼に釘付《くぎづ》けになっている。

おそらく彼なら日本でも良い役者になっただろう。

俺は特に紹介されることもなかったが、容貌《ようぼう》から異世界人と察してか、退出する参加者から視線を向けられることも多かった。

加々谷君達関係者、参加貴族が退出した後、神官に促され自室へ向かう。なんで俺が参加する必要があったのか謎だが、俺の今日の予定はこれで終わったのだ。

翌日聞いた噂《うわさ》によると、加々谷君は大衆向けの顔見せでも大人気だったらしい。この国で最も多いのが加々谷君のような明るめの茶髪らしく、神聖な存在でありながら親近感があるとのことで、庶民の心もがっちり掴《つか》んだようだ。晩餐会はどうだったのか知らないが、彼のことなのでそつなくこなしたのだろう。

お披露目の儀から三週間経ち、加々谷君が皇太子率いる部隊とともにはじめての瘴気浄化に出立した。俺は出席していないが、キールによるとそれはそれは大層な出立式が行われたそうだ。これから片道一週間程かけて、王都から離れた森の中の瘴気発生場所へ向かうらしい。

特に俺の今後の扱いについて話はない。はっきり言って不気味だ。立場が不安定すぎて落ち着かない。いっそ市井《しせい》に放ってくれればいいのに……。

今日は珍しくキールが実家での用事があるそうで登城していない。代わりの侍従を頼んだと言っていたが、昼前まで待ったけど来なかった。ザックも訓練で外している。

部屋から出て気分転換したかったので、王城の中なら一人で歩いても問題ないだろうと、王城内にある王宮図書館の分室に来ていた。

一般向けにも一部開放されている王宮図書館と異なり、王城関係者しか立ち入りできず、かといって特に専門的な本を揃《そろ》えているわけでもないこの部屋には、普段ほとんど人が来ない。

以前キールと来たときに、部屋以外で一人になるにはいい場所だなと目をつけていたのだ。司書もお爺《じい》さん一人で、俺の見間違いでなければほとんど寝ている。

狭い閲覧スペースに腰掛けて、魔道具に関する本を読みはじめた。魔道具店で魔道具に魅せられて以降、自分でも作れないかなと思っていたのだ。

……最初の数ページを読んで諦《あきら》めた。魔石と道具を連動させるための術式やら理論やらが書かれているのだが、何もわからない。魔法効果を付すタイプのものは、付与魔法が使えないとできないことしかわからなかった。

自分で作るのは無理そうだ。

また暇になってしまった。魔道具って難しいんだな。魔法はイメージでなんとかなるみたいだけど。どの魔法がどの属性かがいまいちわからないんだよな。

やりたいことをイメージしたら何でもできればいいのに。今やりたいことは……とりあえず情報収集したい……王家とか神殿が何考えてるか全然わからないもんな。

例えば盗聴？　離れてる場所の音を拾うとかできないかな。

魔力を巡らせて音に集中して……。

『ここのシーツも一緒に持っていって』『おい、交代だ……』

おっ、聞こえてきたかな……。

網を広げるイメージで有用な声を探す。

『……閣下はまだか……』『この件は後ほど……』『神子……考えねば……』

きた！「神子」のワードが出たので最後の声の方に意識を向ける――が、捉《とら》え損ねてしまった。

『パンが足りないわ。誰か業者に連絡……』『……清掃終わりました……次は……』

……これじゃない。もう一度だ。

『なぁ聞いたか。ゼノが言ってたんだが……』『……そうか。神子は……』

これだ！　聞こえてきた声に全神経を集中させる。だんだん音がクリアになってきた。

『……やっと神子を浄化に向かわせることができましたね』

『レオナルドが、神子の力が安定してからだの、十分な実力を持った護衛を選抜してからだの言って、渋っておったからな』

一人目の声に聞き覚えはない。二人目は皇帝だな。

『そろそろもう一人の処遇も考えねばなりませんね。こちらの役に立たない以上、さっさと手放してしまいたいですね』

『おや、貴族に売らないのですか。身分がないから貴族の養子にするとでも言えば、本人も納得するでしょう。そのために欲しがりそうな者に事前に声をかけた上で、大聖堂で顔見せしたのでは？』

新しい声だ。ちょっと待て。売るって言った……？

大聖堂での顔見せって神子のお披露目のときの……？

『エンリヒ公爵などは早速買い受け希望を出してきましたけどね。あの人は珍しいもの好きですから。東方の滅びた国の少年やら、魔物と人間のハーフやらすでに色々囲ってますしね。彼にしてみれば異世界人など格好のペットでしょう。まぁ飽きっぽいですから、そのうちどこかへ下げ渡すのでしょうが』

『ただ、黒髪黒目というのはそれだけで神聖な印象を与えますからね。神子だと勘違いする者は多いでしょう。彼がいたのでは我らが神子であるカナメ様の権威が削《そ》がれますし、貴族に渡して、万が一担がれて謀反にでも繋《つな》がれば面倒ですね』

『異世界の知識を吐き出させて使うという手もありますが、カナメ様によると、あの者は下級役人みたいなもので、カナメ様以上の知識は持っていないだろうとのことでしたね』

『神子殿はとても扱いやすいな。少し持ち上げて下手《したて》にでておけばいいように動いてくれるのだから。レオナルドが随分熱を上げているようだから、浄化が終われば、奴《やつ》の妃の一人にでもして、せいぜい異界の知識を使って帝国に尽くしてもらおう。そうなると、異界の知識が他家や他国に流出するのは好ましくないな』

『……いっそ始末致しましょうか』

聞こえた言葉が信じられなくて俺は目を瞠《みは》った。

『他国には神子しかお披露目していないとはいえ、諜報員《ちょうほう》を通じて召喚された異世界人は二人だと知る国もあるだろう。みすみす我らの領域で暗殺されたとあっては外聞が悪いな』

『でしたら、賊に襲われて逃げる途中での事故、というのはいかがでしょう。灰の谷のあたりであれば遺体があがることもないでしょう』

『カナメ様はもう一人の異世界人に執着してないようですが、念のため遠征中の間にしましょうか』

『では手順を……』

……限界だ。この盗聴はずっと集中力を維持しないとすぐ声がぼやけるので、聞き続けるのはかなりきつい。疲労とショックで、ふらふらになりながら自室へ戻った。

自室のベッドに腰掛けて、今しがた聞いた会話を頭の中で反芻《はんすう》する。

「……まじでクソだな……」

無理やり連れてこられて、使えなかったら殺されるのか。俺の人生いったいなんだと思ってるんだ。

絶対こんなところで死ねない。

この世界に来てから、生命の危険を感じることがなかったから忘れていたが、俺はここでは完全な余所者《よそもの》なのだ。戸籍もなければ家族も親しい人間もいない。いつ消えても問題にならない。

考えるとゾッとした。

どうやって生き残る？　すぐにでも逃亡するか？　いや、確実に捕まる。もしひとまず逃げおおせたとしてもずっと追われ続けるかもしれない。追手に怯《おび》え続ける生活なんて耐えられない。

死んだことにして外国に逃亡とかできないかな？　無力な俺がどうやって……せめて魔法がもっと

使えたら希望が持てたのに。

でも最近魔力増えてるし、やってみたらできた魔法もあったな……。

「くそっ。自分の状況確認できたらいいのに。ステータスオープン的なやつないのかな」

……ちょっとそんな気がしたけど出てきたよ……。

名前：伊藤彰
属性：異世界人、神子
魔法属性：光、風、無属性
魔力量：５４００／６０００

魔力めっちゃ増えてる！　属性も増えてるし、何より「神子」?!　二人とも神子だったパターンか？　それともこれ俺の魔法で出てきたから、俺の願望が入った結果？

神子だったところで、この国の役に立ちたいとか全く思えないけど。加々谷君いるし、別にいらないだろう。

きっと崖《がけ》から落とされるときが勝負だ。加々谷君の遠征中って言ってたから、そんなに先ではないだろう。俺は来るべき日を待つことにした。

あれから、計画に変更がないか度々盗聴を試みたが、あれ以来、俺に関する話題を拾うことはできなかった。

俺は対策を練るべく、まず洋服ダンスの上から飛び降りて、落下速度を落とす魔法の練習をした。自室内でしか練習できないから苦渋の選択だ……。

最初はファンタジー映画みたいな感じで、重力を感じさせずにゆっくり降りるイメージでやってみたけど上手《うま》くいかなくて、下から風に吹き上げられるイメージでやったらなんとかなった。発動が間に合わなかったりバランスが上手くとれず、何度か普通に足をやられそうになったが、成功すれば少しは不安がましになった。

本当は転移魔法もやってみたかったが、万が一誰かに見つかったらと思うとできなかった。

この世界に召喚されたときの俺の持ち物、革袋に入った金は収納バッグに入れ、常に身につけるようにしている。

街で買ったミサンガ的なものは、感謝の証《あかし》としてキールとザックに一つずつ渡した。この世界で唯一俺によくしてくれた二人に、俺という人間がいたことを覚えておいてほしかったんだ。

本当は日本で使ってた物をあげたかったけど、珍しい所持品で誰かに目をつけられたら困るかと思ってやめた。

緊張で深く眠れない日が続いて、ようやくその日がやってきた。

初めて見る中年の文官が部屋にやってきた。

「イトウ様。本日は陛下より西の神殿へ視察にお連れするよう申しつかっております。身支度ができましたらご案内いたしますので、ご準備ください」

「そんな話は聞いていませんよ。なぜ急に神子でもないイトウ様を視察へ連れていくのですか。本当に王命なのですか」

「間違いなく陛下のご指示です」

「それなら私もお供します！」

「あなたは必要ない。侍従ごときが口出ししないでいただきたい」

キールが不審がるのも当然だ。今まで放置で突然の視察、訪問先のセレクトも謎だし違和感しかない。俺が疑おうが疑うまいが俺に拒否権はないから、口上などどうでもいいんだろう。

「キール、俺行くよ」

「ですが……」

「西の神殿ってどこかわからないけど、王都の外だろ？　初めての遠出だな。気分転換してくるよ」

「……どうか気をつけてください」

準備はほとんど必要ない。俺は黒のフード付きローブを羽織り、一呼吸してから入口の方へ向かう。文官が先に廊下に出た。

これが最後だと思うとこのまま離れがたくて、部屋を出る前に一度振り返る。不安げな緑の瞳《ひとみ》を見た。

「キール。ありがとう」

めちゃくちゃ頼りにしてたよ。生きてたらまたいつか会えるかな。

城の門を出れば、小ぶりな馬車が止まっており、側《そば》に騎士が二人立っている。文官に促され、馬車に乗り込んだ。

もう何時間経《た》ったのだろう。馬車での長距離移動がはじめてなので、尻《しり》は痛いし、揺れがひどくて気持ち悪い。

すっかり日も傾きかけてきた。向かいに座る文官は出発してから一言も話さず、書類を読んだり、景色《けしき》を眺めたりしている。

ガタンッという大きな振動とともに馬車が突然止まるとドアが開いた。俺は身構える。ドアから顔を覗《のぞ》かせたのは、同行している騎士の一人だ。

「よっと。着きましたよ。どうしますか。ここで殺しときます？」

やばい。馬車が落とされてからの脱出はシミュレーションしたけど、ここで攻撃されたら対処できない。俺の心拍数が一気に上がる。

「いや。どうせ崖から落とせば何もできぬ。わざわざ手を下すこともないだろう。念のため手足を縛るか。それとほとんど魔力はないと聞いているが、魔法を使われると面倒だ。口も塞《ふさ》いでおこう」

「御者とりおさえました。どうしますか？」

馬車の外からもう一人の声がする。

「万が一どこかで喋《しゃべ》られると困る。御者は処分し、その辺に捨てておけ」

「わかりました」

騎士の返事とともに男の短い悲鳴が聞こえた。馬車に乗りこむときに見た男性の後ろ姿が頭をよぎる。

騎士が俺の手足をロープで縛り、口に布を噛《か》ませたのを確認すると文官が立ち上がった。

「あなたは運が悪かった。さようなら異世界人殿」

騎士と文官が馬車を降りる。しばらくして馬の嘶《いなな》きが聞こえると同時に馬車が動きはじめた。

そして、俺は深い谷へ馬車ごと放り出されたのだった。

【番外】異世界から来た主人

神子の侍従をと声がかかったとき、本当に嬉《うれ》しかった。

王城で侍従を務める者は、高い競争率をくぐり抜けた、家柄も良く優秀な者ばかりだ。ここで働くことは私の誇りだった。

学院を卒業してすぐ侍従として働きはじめ、二年目からは王城勤めとなった。

この国には三人の王子と二人の王女がいる。

私は第一王女のヴァネッサ殿下の侍従の一人として働いていたが、殿下が隣国へ嫁いだことでその任を解かれることになった。

近々神子召喚の儀が行われること、神子の侍従についいて欲しい旨の指示があったのは、殿下の侍従をやめてすぐのことだった。

召喚の儀の当日は、城中がとても騒がしかった。

神子が二人現れたからだ。

指示された部屋で待っていた私の前に姿をあらわしたのは、明らかに異質な容貌《ようぼう》の男性だった。

黒の髪と瞳を持ち、白いシャツに、黒一色のジャケットとスラックスを身につけている。

異世界人は小柄だと聞いていたが、この人は小さくはない。体つきはやや華奢《きゃしゃ》かもしれない。年は私と同じくらいか年下に見えた。

緊張した面持ちのその人に声をかける。

「イトウ様。私は本日よりイトウ様のお世話をさせていただきます、キール・トゥエインと申します。イトウ様がご不便のないよう何でもお申し付けください」

この世界にはない黒の瞳がこちらを向いた。華やかな顔立ちではないが、少し黄みがかった温かみのある色の肌と、バランスよく整った素朴な顔は好感が持てた。

その日はこの国を救ってくれるであろうお方に仕えることができる喜びと、これからの生活への期待でいっぱいだった。

私の主は神子ではなかったようだ。その話を聞いたとき、初日の彼の疲れたような顔が浮かんだ。慣れない環境で疲れたのかと思ったが、よく考えれば彼は自分の世界から無理やり連れてこられたのだ。

神子が元の世界に戻れるのかどうか私は知らない。でも戻れなかったら……？

そのうえ神子でもなかったとなれば、彼はどう感じただろう。彼の事情を何も考えずにただ喜んでいた自分が恥ずかしくなった。

気丈にこの世界について教えて欲しいと言う彼に、紅茶を飲みながら話をするのが私の新たな日課になった。

主《あるじ》は口数が多くない。一日の大半を本を読んで過ごしている。独学で魔法を練習しているようだ。一度得意げに点灯魔法を披露してくれた。

最近、主への風当たりが強い。神子様信者の嫌がらせである。年若い皇太子が神子様に入れ込み、主を蔑《ないがし》ろにするから彼らがますます調子づいている。

「ねぇキール聞いてよ。カナメ様は今日救護院で治癒を行うんだって。奇跡の力を使われる現場に僕も同席したかったなー。昨日《きのう》はカナメ様にこのカフスを貰《もら》ったんだ。時々従者に色々とプレゼントしてくださるんだ」

五つ下の従兄弟《いとこ》のエヴァンがうっとりした様子で語り、宝石をあしらったそれを自慢げに見せてくる。

「とても良い品じゃないか。良かったね」

「うん。カナメ様はとっても綺麗《きれい》だし、神子様でありながら下々の者にも優しいし、無欲で本当に聖人みたいな方だよ。僕はお仕えできて運がいい。キールももう一人の異世界人じゃなくてカナメ様付きだったらよかったのにね。みんな言ってるけど、何もしないもう一人もカナメ様と同じ扱いなんてずるいよね」

……余計なお世話だ。エヴァンは神子様の侍従の一人で、神子様信者の一人でもある。

まず従者へのプレゼントの金はどこから出ているのか。王家から出ているならつまるところ税金じゃないのか。

そして、私は知っている。皇太子が服や宝石、高価な魔道具などを神子様に貢ぎまくっていることを。神子様は当然のようにそれらを受けとり、時にねだっていることを。

この国のために働いてくれるなら構わないと思うが、無欲とは言えないだろう。

それに神子様と主の扱いは同じではない。

神子様のクローゼットには皇太子が用意した服が所狭しと入っているそうだが、主は最低限の服しか支給されていない。もちろん自由になる金も持っていない。

主には魔法を教える魔術師も、この世界について教える教師もついていない。神子様には四人の侍従、三人の専属メイド、四人の護衛がついているが、主の侍従は私一人、護衛も一人、メイドに至っては交代でやって来るだけで専属はいない。

神子様は王族と同じ食事をほぼ毎食皇太子と食べるが、主は使用人向けと同じような質素な食事を一人で食べる。食事の質が落とされたのは、たぶん厨房《ちゅうぼう》の神子様信者の嫌がらせではないかと思う。

主は気づいているようだが、文句を言わず淡々と過ごしている。

少しでも気分転換になればと主を街歩きに誘った。本当はもっと早くに連れて行きたかったのだが、侍従頭の許可がなかなか下りなかったのだ。

「すげー！　ほんとにファンタジーだ。異次元収納バッグは絶対欲しい。大きさどうしようー」

嬉々《きき》として彼が声を上げる。

魔道具店が気に入ったようだ。落ち着いた彼が少年のように声を上げるのを見て、私も嬉しくなった。神殿から金をせしめておいて良かった。

神殿には召喚した「異世界人」用の予算がある。彼らはこちらに資産を持っていないのだから、召喚する側で金を用意するのは当然だ。三百年も使われておらず潤沢にある予算は、本来なら神子だけでなく、主にもしっかり割り当てられるべきものなのに。

事前に調べていた店も気に入ってくれたようだ。城に戻る道中、今日は一日楽しかった、ありがとう、という彼の柔らかい笑顔を見られて、私はとても満足だった。

神子のお披露目では、神子様が大人気だったらしい。夜の晩餐会《ばんさん》では、他国の王族を何人も侍らせて談笑されていたそうだ。本気で神子様に言い寄る者を、皇太子がなりふり構わず追い払っていたと聞いた。

お披露目以降、主を取り巻く環境が少し変わってきている。大聖堂でのお披露目の際に、一部の貴族から主の容貌が注目されたようだ。

廊下を移動中、神子様が悲しげな表情で「やはり黒髪黒目でないと認められないのでしょうか」、などと若い騎士に言っているのを見た。神官や皇太子の前でも言っているようだ。

また信者がよからぬことを考えそうではないか。むしろけしかけようとしているのだろうか。

実家の都合で一度お休みを頂いて以降、主は度々何かを考え込んでいる様子だ。力になりたいが、心配ごとがないか尋ねても、笑って大丈夫だ、と言うだけで何も話してくださらない。

「キール、これ受け取って」

「これは……街で購入された腕飾りではありませんか。ご自分でお使いにならないのですか」

「三つ買ったから、日頃《ひごろ》の感謝を込めてキールとザックにも一つずつ貰ってほしいなと思って。安物で悪いけど俺これしか持ってないからさ」

そう言って差し出された結界が発動できる腕飾りを、貰って良いのか迷いながら受け取った。

嬉しかったのだが、突然の贈り物に胸騒ぎがした。

ある日突然見知らぬ文官が主の部屋を訪ねてきて、今から西の神殿へ視察に向かえと言う。

絶対におかしい。西の神殿は王都を囲む森を抜けた田舎町にあり、そこへ視察に行くなど聞いたことがない。その近くで瘴気《しょうき》が発生したという話も聞かないし、そもそも神子でない主を連れて行ってどうするというのか。

私は文官に噛みついたが、主は行くと言う。彼の様子は一見いつも通りに見えるが、どこか緊張しているようにも思え、私はますます不安になる。

行かないでほしい。

部屋を出ようとする彼の背中を見送っていると、彼がこちらを振り向いた。

「キール。ありがとう」

穏やかな微笑みが向けられる。

その日、外出から戻った主を私が迎えることはなかった。

彼は行方《ゆくえ》不明になった。一緒にいたはずの文官も騎士も行方がわからないそうだ。

灰の谷の付近で御者の死体が見つかり、谷を臨む崖《がけ》の上に馬車の車輪と思《おぼ》しき跡が残っていたことから、賊に襲われ、崖から馬車ごと転落したのではないかと噂《うわさ》されている。

不自然な視察から、彼の失踪《しっそう》に王家が関わっているのは間違いないだろう。

王城で働くことは私の誇りだった。

でも彼が消えた今、私は同じ気持ちではいられないかもしれない。

5．冒険者ジル

四日ほど乗船していた船を降り、船着場から街へ歩み出せば、あっという間に馴染《なじ》みのある活気に満ちた空気に包まれる。

久しぶりの街並みを少し眺め、俺は軽く伸びをした。

情報収集がてら、魔物の討伐に参加しながら、周辺諸国も含め色々な都市をまわっていた俺は、約二年ぶりにホームであるミリエルの街に戻ってきた。

賑《にぎ》やかな大通りを抜けて、まっすぐ冒険者ギルドに向かう。

二年も経《た》てば、集う冒険者の顔ぶれも少なからず変わっているだろう。一度ギルドに足を踏み入れれば周りの注目を集めたのがわかる。

ランクの高い冒険者は同業者の中でそれなりに有名になっていくものだ。この反応には慣れている。

「ジルさん！　戻られたんですね！　よかった。大きな怪我《けが》とかもないですよね。危険な討伐ばかり参加してるって噂で聞いてたので、すごく心配してたんです。今回はどのくらい滞在されるんですか？」

満面の笑みを浮かべた受付嬢のマリーに声をかけられる。彼女は二年前と全く変わらず、今日も元気だ。

「今回は長めに滞在しようと思ってる。しばらくはこの辺に腰を据える予定だ。全国的に魔物が活発化してるみたいだから、ここのギルドも大忙しだろう？」

「そうなんですよー。やっぱり瘴気の影響ですかね？　うちのギルドも討伐依頼がたくさんきていて、頑張って対応してはいるんですけど、わりとぎりぎりなんです。でもS級のジルさんが戻ってきてくだされば安心ですね！　さっそくいくつかどうですか？」

「いや、さすがにさっき街に着いたばかりだからな。ちょっとギルドの様子を見たくて顔を出しただけなんだ。今日は宿を探して早めに休みたい」

苦笑しながら周囲をなんとなく見回していると、黒いローブを羽織った一人の青年が目にとまった。

ギルド内の冒険者の多くは俺とマリーのやりとりに注目しているが、その青年はこちらに目もくれず、掲示板に貼り出された依頼一覧を見ている。

茶色に近いようなくすんだ赤毛に焦茶の目、背は低いというほどではないが、あまり筋肉がついているようには見えない。俺から見ればひょろりとした体型の青年だ。

顔立ちは……その辺を歩けば、すぐにでも似た青年が何人も見つかるのではないか、というくらい平凡なものだった。

銀髪の青年がその隣にやってくる。あいつは知っている。A級冒険者のアルフォンスだ。

ほど良く筋肉のついた、冒険者というよりは貴公子然とした体型と美しい顔立ち、穏やかな物腰で男女問わず人気がある。

アルフォンスが何やら話しかけると赤毛の青年が笑う。彼がアルフォンスを愛称で呼んでいるのが聞こえた。へぇ、仲がいいのか。

「ジルさん！」

彼らの様子を見ているとアルフォンスと目が合い、声をかけられたので彼らに歩み寄る。

「よぉ色男。元気にしてたか」

「戻ってたんですね。おかげさまで元気にしてますよ。この街を離れてた間のジルさんの武勇伝は俺の耳にも入ってますよ」

「なんの話だか。おまえこそすごい速さでA級に上がった優男がいるって他の街でも噂になってたぞ。隣の彼は？」

「彼は……」

「俺はC級冒険者のキラと言います」

「キラか。格好からすると魔術師かな。俺はS級冒険者のジルだ」

「すごいですね。S級の人にお会いしたのは初めてです」

……赤毛の青年は声も普通だった。

しばらく雑談をした後、これから食事だと言って二人はギルドを出ていった。……二人で食事に行くほど仲がいいのか。俺が知っている限りでは、アルフォンスはあまり特定の誰かと二人で行動することはなかったが。

なぜだかわからないが、普通すぎる赤毛の青年がやけに印象に残った。

6. 谷底から港町まで

馬車ごと谷へ落とされた日から一年半が経った。

俺は今、召喚された聖アーガイル帝国より西に位置する、ダイナス皇国一の港町、ミリエルで生活している。

交易が盛んなこの街では、文化も食も色々な国の様式が入り乱れていて、とても刺激的だ。街を歩く人の外見上の特徴も様々だし、外国から来ても疎外感がない。

俺は活気があって懐の深いこの街が、とても気に入っているのだ。

あの日、落下する馬車から早々に放り出された俺は、魔法で落下速度を落とし谷底にゆっくり着地した。

腕を強化して手のロープを捻《ねじ》り切り、足のロープと口に噛ませられた布を外す。手首の皮膚が擦《す》れて少し裂けた。

そして日が暮れるのを待って、以前キールと歩いた城下町の路地裏に転移した。本当はそのまま外国に転移したかったが、目的地が具体的にイメージできないためか、何度か試したが無理だった。

城下町に着いた時点で外は真っ暗だったから、仕方なく一泊した。宿に入るのは本当に緊張した。

とりあえず魔法で髪と目の色を茶色に変え、ローブのフードを深く被っていたが、実は王城からなにか通達がまわっていたらどうしようと、気が気でなかった。

それでなくても異世界での初単独行動は、想像していた以上に心細かった。

部屋で眠りについたものの、ちょっとした物音で度々起きてしまい、ほとんど眠れなかった。


そこから西側の隣国クリムトの国境近くの街まで乗合馬車で移動して、冒険者ギルドに向かった。

キールから、身分証がないと関所を越えられないと聞いていたからだ。その話をしていたとき、万が一何かあれば、冒険者ギルドで身分証を作ればいいと教えてもらった。本当にキール先生様々だ。

受付で名前と属性などの情報を記載し、簡単な説明を受けると、名前と等級が書かれた冒険者プレートが支給された。これが身分証代わりだ。

属性は魔術師にした。登録された属性は、ギルド内でパーティーの仲間を探すときの目安になるらしい。

魔法属性や魔力量も登録しておけば指名依頼を受けやすくなるらしいが、俺はもちろん登録しなかった。

事情を抱えた貴族等、身分を隠して活動する人達がいるためか、冒険者ギルドには金さえ払えば誰《だれ》でも登録できる。

身分確認は特にされないから偽名でも大丈夫。俺もキラ・アルブランで登録している。まさに訳あり人材の救済場所だ。

それからは冒険者として、まず隣国のクリムトに入り、依頼を受けて金を稼ぎながら、いくつかの都市を転々とし、その先のダイナス皇国に入った。

と、まとめると意外となんでもなさそうなのだが、実際はとんでもなく大変だった。

いつのまにか魔法チートになったから、もうちょっとイージーモードになるかと期待した。でも、ただの日本人で元公務員の俺が自分で考えて行動しないといけないのだ。

想像してみてほしい、不安しかないだろ……。

魔法だって、ただ魔力量が増えて潜在的に使える魔法の種類が増えただけで、いきなりなんでもできるようになったりはしなかった。

イメージが不明確だったりパニックになれば失敗するし、思い通りに使うにはそれなりに練習が必要だ。

関所は毎回、不整脈でもおきるんじゃないかというほどびくびくしながら通り、衛兵に声をかけられる度に終わった、と思った。まぁ大丈夫だったんだけど。

宿でぐっすり眠れるようになったのは、部屋の内側に結界を張れるようになってからだ。

ギルドの仕事も毎回命がけである。採取やら清掃やらの依頼を好んで受けていたが、運悪く魔物に出会ってしまった日には、恐怖で思考を停止しそうな頭を無理やり動かして、魔法を放つ。

コントロールするのは自分だから当然外れることもある。一瞬の反応の遅れが致命的にもなり得るから、毎回すごく緊張する。

生き物を傷つけるなんて生まれてこの方したことがなかったから、慣れるまでのしばらくの間は時々吐いた。

そうして、必死にもがいた結果とんでもない幸運により、半年ほど前にこのミリエルに辿《たど》り着《つ》いた。

……ほんとによくやったと思う！　ここまでの俺の努力を誰か褒めてほしい。

俺はこの街の一角に小さめの家を借りて、ここを拠点に生活している。

一年間追手らしき者と遭遇しなかったので、そろそろ一箇所にとどまってもいいかと考えていたところ、この街に辿り着けたのは本当にラッキーだった。

今日も冒険者ギルドを訪れ、適当な依頼がないか探す。カマルの討伐、一匹につき銀貨二枚。これは良いかもしれない。場所が馬車で一時間半くらいのクナイ村であることを確認し、依頼を受けることを決める。

ちなみにカマルはうさぎっぽい形の魔物だ。ただ大きさは豚くらいで、目が異様にぎょろっとしていて全然かわいくない。

依頼カードを掲示板から剥《は》がそうと手をのばすと、聞き慣れた声が後ろから聞こえた。

「今日はクナイ村の方に行くの？」

「あぁ。カマルの討伐依頼。あの辺薬草も生えてるし、帰りに金になりそうなものをいくつか採取してこようかなと思ってる」

「そうなんだ。前も言ったけど、キラの実力ならもっと大型の、報酬が高い魔物の討伐でも大丈夫なのに。俺と一緒にこっちのマリグの討伐依頼受けようよ。一体につき銀貨十枚だって。ちょっと遠いけど、複数狩れたらかなり割がいいと思うんだけどな」

「やだよ。いっつも言ってるけど、俺はソロ派なんだから」

「えー残念。こないだは一緒に行ってくれたのに。ひとりより仲間と一緒の方が楽しいよ？」

「こないだは仕方なくだよ。俺じゃなくていいだろ。いろんなパーティーから引っ張りだこのくせに」

また振られちゃったな、と肩をすくめる仕草をして、アルフォンスが苦笑を浮かべている。

冒険者はパーティーを組むか、あるいはソロで活動する。パーティーを組めば高難度で高収入の依頼をまわしてもらいやすくなるし、複数で動くから単独よりは安全だと言われている。

パーティーで活動する場合は、いかに強い冒険者を自分のパーティーに入れるかがとても重要になる。

だけど俺はソロ一択である。

まず俺の魔法は我流だ。王城にいた頃《ころ》あんなに魔術書を読んだはずなのだが、内容がほぼ思い出せなくて結局感覚でやっている。つまり俺の魔法の内容は、俺の想像力頼みなのだ。個性の塊である。

そして俺の魔法チートはこの一年半でさらに磨きがかかり、魔法属性は全《すべ》てコンプリート、魔力量は五万を超えたあたりからステータスの確認をするのはやめた。

さらに、神子だとすれば不思議はないかもしれないが、治癒も試したらできてしまったのだ。

というわけで、何かの拍子にうっかりボロを出しそうで、誰かと一緒に依頼を受けるなんて、俺にとっては地雷だらけなのだ。

俺はけして目立ちたくない。

だからソロで活動し、極力誰とも深くはつきあわないようにしている。

その例外になってしまったのがこの男、アルフォンスだ。

アルと出会ったのは、ミリエルに来てまだ間もない頃だった。

その日は採取依頼で森を歩いていたところ、少し離れた大木の下で魔物に囲まれている青年を見つけた。狼《おおかみ》みたいな中型の魔物で、十頭くらいはいたと思う。

青年は実力者らしく、魔道具による結界で攻撃を防ぎながら、器用に隙をついて鮮やかな剣筋で魔物を斬り伏せていた。でも、数が多くて苦戦しているようで、よく見ると足も怪我《けが》しているようだった。

俺はしばらく悩んだ末に、魔物の集団の中で青年から比較的離れたところにいる個体を狙《ねら》って、風の刃で斬りつけた。青年はこちらを一瞬見て、すぐに視線を魔物に戻し、残っていた個体を斬り伏せしゃがみ込んだ。

そのまま立ち去ってもよかったが、彼が深手を負っていたら置いていくのもな、と思い近づいた。

青年が気づいて顔をあげた。

「さっきは助けてくれてありがとう。本当に危なかったからすごく助かった。まさかこんなところでペルビルの群れに遭遇すると思わなくて。俺はアルフォンス。君は？」

柔らかくて耳ざわりの良い声だ。

笑顔を浮かべた青年は驚くほど整った顔をしていた。まっすぐな肩までの銀髪に涼しげなアイスブルーの瞳《ひとみ》。体質なのか、冒険者風なのに日焼けを感じさせない白い肌。そしていかつくはないが引き締まった体型、いわゆる細マッチョだ。

アルフォンスとともにギルドに戻れば、すぐに他の冒険者達が集まってきた。俺はそっと人だかりを離れ、報酬を受け取るとギルドを出た。彼は随分な人気者だったらしい。

その翌日から度々ギルドで彼から話しかけられるようになった。俺としては人気者の彼と一緒にいると目立つので、必要最小限の対応をしていたのだが、そのうち根負けし、友人のような関係になっている。

ちなみに今の俺の外見はくすんだ赤毛に焦茶の目で、顔立ちも変えている。俺の研究の結果の、この世界で最強に普通なビジュアルだ。

その超普通な俺に、なぜかアルは二人で討伐に行こうと何度も誘ってきて、断りきれずに何回か一緒に依頼を受けている。

「今日、夕食一緒に食べようよ。良い店教えてもらったんだ」

「いいけど、ちゃんと美味《おい》しいところだろうな。連れて行ってもらっておいてなんだけど、こないだの店は正直ひどかったぞ」

「今度は料理通のカーラのおすすめだから大丈夫だって」

「わかったよ。期待しとく。じゃあまたギルドで」

アルが四つ年下なこともあり、今ではすっかり気安く喋《しゃべ》るようになっている。

7．思わせぶり発言？

その日はなかなかついていた。討伐した五匹のカマルと希少な薬草をギルドに持っていき、たっぷり報酬を受け取った。

アルはまだ戻ってないようだ。いったん家に帰るか少しだけ悩んだが、ギルドに併設された食堂でコーヒーを飲みながら待つことにした。

「討伐帰りか。ここいいか？」

声のした方に視線を向ければ、S級冒険者のジルが隣の席を指差している。

「はい。アルと食事に行く約束をしていて、ここで待ってるんです」

「あいつと仲いいんだな。パーティー組んでるのか？」

「いや、俺は専らソロなので。たまに頼まれて一緒に討伐に行くくらいです」

この人と話すの緊張するんだよなぁ。S級冒険者の威厳は半端ないのだ。年は二つ上だと聞いたが、この貫禄《かんろく》でまだ三十過ぎなんて信じられない。

しかもとんでもない美丈夫なのだ。この世界は美形が多いが、それでもこの人に初めて会ったときはびっくりした。

分厚い筋肉に覆われた逞《たくま》しい身体《からだ》は、まさに屈強な冒険者という感じ。癖のある落ち着いた色味の金髪とブルーグレーの瞳はワイルドだし、男らしい精悍《せいかん》な顔立ちは渋さもあって格好良い。

羨《うらや》ましい。俺の外見も、異世界特典でこんな感じにしてくれたらよかったのに。

「魔術師は他と比べて数が少ないから人気だろう。いいパーティーが見つからなかったのか？　アルフォンスと組むのも悪くないと思うけどな」

「一人の方が気楽でいいんです。今後も誰かと固定パーティーを組むつもりはないです。ジルさんは普段どうしてるんですか」

「俺も最近は固定パーティーは組まないな。依頼に応じてサポートには入るが。ソロ主義ならもちろんそれも良いが、パーティーを組むのも楽しいぞ。知り合いも増えるしな」

しばらく雑談しているとアルが戻ってきた。

「待たせてごめん。ジルさんと話してたんだね。せっかくだし、よかったらジルさんも一緒に食事に行きませんか」

「いいのか。じゃあ行こうかな」

俺は内心でえーと思った。やめてくれよ、目立つじゃないか。

「キラと二人の食事はまた今度だね。じゃあ混む前に行きましょう！」

S級のジルと人気者のアルと一緒だったから、店では盛大に目立ってしまった。凡人代表の俺までじろじろ見られるのだ。

料理はとても美味しかった。ジルが各国を回っていたときの話をしてくれて、思ったよりかなり楽しい。

「そういえば、アーガイルの神子は今回あまり他国に派遣されてないらしいぞ。二年近く前に召喚したらしいが、国内の瘴気《しょうき》の浄化が終わったって話も聞かないな」

ジルの口から神子という言葉が出て、危うく飲んでいたエールでむせそうになった。

「アーガイルの神子といえば、召喚当時は二人来たっていう噂《うわさ》もありましたよね。でもその後、特に話題にあがらないから、ただの噂だったのかな」

続くアルの発言で更に追いつめられる。動揺が顔に出ていませんように。

「今代の神子はすごい美人らしいですね。そのうち、ダイナスにも派遣されてくるんでしょうか」

アルが興味津々で聞いている。

「どうだろうな。うちはアーガイルの同盟国じゃないしな。アーガイルは同盟国からの派遣要請を受け入れる代わりに、かなり強引に政治的な要求を呑《の》ませてるみたいだ。そうまでして、神子に来てもらうのが良いことなのかどうかはわからないな」

「ダイナス皇国内はとりあえずはなんとかなってますよね」

「そうだな。この状況がずっと続くようならなかなかきついだろうが……。レノス公国もそれほど困ってなさそうだったな。一度神官兵部隊と一緒に討伐に参加したらすごかったぞ。あそことは戦争したくないな。――」

その後は神子の話が出なかったので、俺はそっと胸を撫《な》で下《お》ろした。

食事が終わると、ジルが楽しかった、俺の奢《おご》りだと言ってニカッと笑った。その様子も様になるなーと思ってぼーっと見ていた。

ジルが去って、アルと二人で路地を歩いていると、アルがぼそっと何か言った。

「……？　何？」

「……キラはジルさんみたいな人が好き？」

「はぁ？　なんで？　格好いいし、兄貴って感じで良い人だとは思うけど。あっ、アルも格好いいと思うよ」

なぜかアルが落ち込んだように見えたので、微妙なフォローを入れてしまった。

「そっか。じゃあ俺もまだチャンスあるよね」

街灯の光が照らす綺麗《きれい》な顔が微笑《ほほえ》む。今度はなぜかアルが嬉《うれ》しそうだ。

そういえばここって同性も恋愛対象なんだっけ。まさか今のってそういう話？　はっきり言われてないし、今は考えないでおこう。

……と思ったのだが、翌日からアルが甘い。

討伐依頼に誘われるのは今までどおりだが、食事もほぼ毎日誘われるし、買い物とか仕事に関係ない用事もいちいちついてこようとする。

その度になんていうのか……やたら甘い笑顔で笑いかけてくるのだ。すっかり色男モードである。

人通りの多い道を歩いたときなんて、まるでエスコートでもするみたいに優しく誘導なんてされたものだから、ものすごく恥ずかしかった。

俺はアラサーどころかもうすぐマジサーの男だぞ。本当にやめてくれ。

8．迷子《まいご》探しと初めての瘴気

度々ギルドで待ち伏せされ、俺の私用についてくると言うのを断れば、できるだけ長くキラと一緒にいたいんだ、などとキラキラした笑顔でおっしゃる。

俺はもう、ソロ主義を曲げて、アルと討伐に行くことにしたよ！　プライベートで甘々の対応をされるよりは、緊張感のある討伐の方がいくらかましなはずだ！

「今日もさくさく進んだね。俺達ほんとに相性良いと思わない？　もう固定パーティー組もうよ！」

「それはお断りします」

「……そろそろ流されてくれてもいいのに。意思固いなぁ。それにしても、キラは優秀だよな。別のパーティーで他の魔術師と仕事するけど、こんなに楽なのはキラだけだ。昇級しないの？」

「今の仕事内容で満足してるし、基本ソロで活動していくつもりだから、重い依頼投げられても困るんだよ」

冒険者のランクはFからSまである。C級までは普通にいるが、B級になるとそこそこ数が減り目立ち始める。A級は努力しても誰《だれ》でもなれるわけではなく、実力者としてかなり目立つ存在だ。S級は伝説レベル。英雄的な扱いらしい。

俺は魔法チートなので、ものすごく頑張ればA級くらいになれるのかもしれないが、C級より上に上がるつもりはない。

アルは冒険者を始めてたった二年半でA級になったものだから、国内の冒険者では知らない人がいないくらい有名らしい。

しかも剣による物理攻撃ごり押しの戦闘スタイルなのだ。魔法属性は水らしいが、アルの場合は発動までにだいぶ時間がかかるため、実戦でほとんど使えないらしい。

ほぼ剣のみのアルと、魔法のみで物理攻撃はできない俺のコンビは割と上手くいっている。俺の魔法属性は風だと言っているので、アルと組むときは風魔法しか使えないという難点はあるが。

おかげでかまいたち的な風の刃の魔法は、かなり自由自在に使えるようになってきた。

討伐依頼を終え、森から出て町に差し掛かったところで、町の人達が騒いでいるところに遭遇した。

どうやら、取り乱した女の人を周りの人達が宥《なだ》めているようだ。

「アイリン。やめなよ。さっき連絡したから警備隊が来るのを待とう?」

「でもイヴァンが……。あの子きっと森に入ったわ。絶対だめって言ったのに! 警備隊が来るまで半日以上かかるでしょ。探しに行けるのは明日になるかもしれないわ。そんなの待ってられない!」

「だからってあんたが森に入ったって魔物に喰《く》われるだけだよ。あの森は奥に瘴気の発生場所があるから、町民は立ち入り禁止だって言われてるじゃないか」

「そうだとしてもじっとしてられないわ……こうしているうちにあの子に何かあったら……! 放して!」

女の人は身体を捩《よじ》り、止めようとする周りの人達の手を精一杯振り払おうとしている。本気で単身で森に乗り込むつもりのようだ。

「子どもがいなくなったみたいだね。俺達で探してこようか」

アルが振り返って訊《き》いてきた。

……正直ちょっと迷う。いや、子どもは探してあげたいのだが、たった二人で大丈夫だろうか。今日こなした依頼でも森の奥までは立ち入っていない。

でも警備隊が来るまで時間がかかりそうだし、町の人が森に入るよりは……。

覚悟を決めることにしよう。

アルが女の人に声をかけ、子どもの特徴などを訊く。なんと、瘴気を見てみたいと言っていたそうだ。

女の人は小さな酒場で働いていて、息子を適当に遊ばせていたら、常連客の冒険者達が瘴気の話をするのを聞いて興味津々だったと。

……これは最悪かもしれない。一応瘴気の発生場所も教えてもらい、俺達で探してくるから必ず町で待っているよう伝え、アルと二人で再び森に入る。

森に入ってからもう何時間か経《た》ったと思う。途中二手に分かれて探してみたりもしたが、子どもの姿は全く見当たらない。急がないと日が暮れて、森はもっと危険な場所になる。

少し迷って、俺達は瘴気の発生場所へ向かうことにした。幸いなことに魔物にはほとんど遭遇しなかった。

それは異様な光景だった。鬱蒼《うっそう》とした森の中にあって、広く黒い霧のようなものが立ち籠《こ》めるその場所では、木々は枯れ、地面は枯れ草に覆われていた。

「あっ、あそこ！」

黒い霧から少しだけ離れた草の上に、うつ伏せに子どもが倒れているのが見えた。あれがイヴァン君だろうか。

見つけたは良いがどうしよう。瘴気が近くなってきたからか、さっきから湿度が急に高くなったようなじとっとした気持ち悪さがある。

嫌な汗が出てきたし体が重い。あれに近づいちゃいけないと体が訴えているようだ。

あの子よくあんな所まで行けたな。こんな森の奥まで子どもの足で辿《たど》り着《つ》いて魔物にも襲われなかったなんて、とんでもなく強運で強い子なんじゃないだろうか。

「俺が行ってくる」

俺がぐだぐだ迷っているとアルが言った。

「……ごめん。これ使って。無いよりはましかもしれないから。なるべくあれを吸い込まないように気をつけて」

ウエストポーチ型のバッグから、大きめのハンカチを取り出しアルに渡した。情けないが、今できるのはこれくらいなのだ。

まさかここで浄化を試すなんてできないし。急に瘴気が無くなったとなれば、アルだけじゃなくて町の人達も不審に思うだろう。

「ありがとう。ちょっと待っててね」

アルが俺を安心させるように微笑むと、ハンカチの端を後頭部で結んで鼻と口を覆い、子どもの方へ向かっていった。

子どもを横抱きにして戻ってきたアルを迎えたそのとき、後ろから獣の唸《うな》り声が聞こえた。慌てて振り向くと、熊くらいの大きさの魔物が三体襲いかかってくる。俺はすぐに風の刃で斬りつけた。

なんとか仕留めたかと思っていると、後ろからアルの呻《うめ》き声が聞こえた。一体の魔物がアルの右腕に噛《か》み付いている。別方向から出てきたのだろう。アルは子どもを抱いたままで反撃できなかったようだ。

すぐに斬りつけ、魔物が口を開いてアルの腕を放したところで、思いっきり吹き飛ばす。激しく木に打ちつけられた魔物は動かなくなった。

「アル！　大丈夫か?!」

座り込むアルに駆け寄ってみれば、噛みつかれた右腕の傷は深く出血がひどい。とりあえず着ているローブの袖《そで》を破いて、傷口を縛る。

アルに抱かれた子どもには怪我《けが》はなさそうだ。でも顔が真っ青で息が荒い。早くなんとかしないとまずそうだ。

「ごめん……。ちょっと油断しちゃったよ。とっさのことでこの子を安全なところにおく時間もなくて」

アルの顔色が悪い。噛み跡の辺りから腕が変色してきているし、体が震えている。さっきの魔物は毒を持っていたのだろうか。血が止まらない。

アルの腕を掴《つか》んだままの俺の手も震える。

「大丈夫、なんとかするから。もうしゃべらなくていいからな」

「う……ん……」

綺麗な顔を顰《しか》め、脂汗を浮かべている。もうほとんど意識がなさそうだ。血が止まらない。迷ってる時間はなかった。

「ヒール」

自分を落ち着かせるために、あえて無詠唱ではなく詠唱短縮で治癒魔法をかける。毒消しも行うと、アルの顔色は改善した。

子どもにも治癒をかけたのだが、あまり効果がなかった。これは……。初めてで上手《うま》く行くかわからないが、浄化を試してみる。

浄化といえばなんとなく光かな。光で子どもの体を包むイメージで念じると、彼の体が淡く光ったように見えた。イメージどおりではなかったけど、彼の呼吸は落ち着いたのでとりあえず成功だ。

意識のない二人を担いで森の入口近くまで転移する。町へ向かって歩いているとアルが起きた。さすがA級冒険者、回復が早い。

「あ……俺助かったのか……。キラごめん。降ろして」

「本当に大丈夫か？　このまま担いでてもいいぞ。魔法で軽くしてるからそんなにしんどくないし」

「自分で歩けるから……って……え?!　傷が無くなってる！　俺確かに思いっきり噛まれたのに！　なんで?!」

誤魔化《ごまか》しようもないので、正直に答えることにした。

「あー……。実は俺、治癒魔法が使えるんだ。誰にも言わないでくれ」

「えっ！　キラって治癒魔法も使えるのか？　ってことは光属性も持ってるってこと？」

うーん。やっぱり光属性はできれば隠したかったな。光属性持ちの人はこの世界にもそれなりにいるから、それだけで俺が神子だとばれることはないはずなんだけど。どうかアルが、俺が瘴気《しょうき》を浄化したことまで気づきませんように。

「すごいなぁ。わかった、誰にも言わないよ。そうか……また助けてもらっちゃったな。はは、ほんとにありがとう」

そう言ってアルが笑う。アルがそれ以上何も訊いてこなかったことに、とてもほっとした。……またアルの笑顔が見られてよかった。

町に着くと、結局あれからずっとその場で待っていたという女の人にイヴァン君を渡した。女の人は目を閉じたままの彼を見て顔を真っ青にしていたが、イヴァン君の規則正しい寝息を聞いて、少し安心したようだった。

ミリエルの街に着いたのはすっかり暗くなってからで、報酬を受け取った後、ギルドで簡単に食事を済ませ解散した。

あの後、イヴァン君の治療についてアルから訊かれることがなくてほっとした。……流石《さすが》に浄化したことまで伝えるつもりはなかったから。

ふと、アルになら全《すべ》て話してもいいんじゃないかと思うときもある。

アルと行動を共にするようになって、俺はかなりアルに心を許している。大事な親友くらいには思っている。

同性との恋愛は考えたことがなかったし、はっきり恋愛の意味で好きとは言えないけど、アルといるのは居心地《いごこち》がいい。そのうち好きになれるかもしれないとも思う。

だって、アルは俺ですらたまにドキッとするほど綺麗《きれい》な男だし、なにより優しくて紳士的だ。客観的に見て、きっと理想の恋人だと言えるだろう。そんな男に積極的にアプローチされたら、多少なりとも心が動くのは自然なことのはず……。

俺はそろそろ、この世界で、何も隠さずに安心して傍《そば》にいられる人がほしい。秘密を抱えながら生活するのは結構しんどいのだ。

俺が異世界から来たって言ったらアルはなんて言うかな、いつか言えたらいいな、と考えながらその日は眠りについた。


「なぁ、あんた魔術師だろ？　C級だって聞いたぜ。俺とパーティー組んでくれ」

今日もギルドで依頼を探していたら、面倒な感じのやつに声をかけられた。赤髪短髪のゴリマッチョだ。

見たことないから最近この街に来たのかもしれない。俺よりだいぶ若そうだ。

「俺はソロで活動しているので。他をあたってください」

「まぁそう言わずにさぁ。あんた戦える体格してないし、魔法のみだと接近戦で困るだろ？　俺が前衛をやって守ってやるよ！　悪い話じゃないだろ？」

「特に困ってないですし、ほんとに結構です」

受けたい依頼も決まったし受付に向かおうとしたら、腕を思いっきり掴まれた。いたっ！

「放してください！」

「ちょっと待てって！　魔術師が欲しいんだよ！　でもランクが低すぎるやつは嫌で。かといって高ランクのやつには軒並み断られたし……なっ？　頼むよ！」

なにが「なっ？」なのか知らないが困った。力では敵《かな》わないし、こんなところで魔法を使うのもなぁ。

「おい、何してんだ。嫌がってるだろ」

ナイスタイミング、ジルさま!!

「はぁ？　お前に関係ねぇ……え……S級の……？」

「お前なぁ。パーティーに誘うってことは、これから仲間になる可能性のあるやつだろう？　嫌われてどうするんだ。そいつは俺の友人でソロの魔術師だ。お前とパーティーは組まない。わかったらとっとと行け」

「は、はい。えっと、失礼しました」

短髪ゴリマッチョが青くなり逃げるように去っていくのを見送って、ジルにお礼を言う。

「助かりました。ありがとうございます」

「あぁ。それより最近アルとよく討伐に行ってるらしいな。ソロ主義だって言ってたくせに、ついに固定パーティー組むことにしたのか？」

「いや、固定パーティーは組まないですし、俺は今でもソロ主義です！」

「なんだ組んでないのか。で？　あれはどうするんだ？」

「どうするってなんですか？」

「いや、あれは分かり易過ぎるだろう……。アルは優良物件だと思うがな。実力もあってあの容姿だし、性格もいいだろ？　あいつ昔からめちゃくちゃもてるぞ。それとも他に気になるやつでもいるのか？」

「いやそういう人はいないですけど……」

「じゃあ何が不満なんだ？」

「別に不満はないけど……いや、そもそもアルから何も言われてないですし！」

「へぇ……。あの色男の猛アピールに靡《なび》かないやつもいるんだな。時間の問題かもしれないが、まぁせいぜい頑張ってくれ」

……にやにやしないでいただきたい。

結局決定的なことは言われないまま、アルと頻繁に食事に行き、街を歩き、討伐に行く。いつもと変わらない日々が続いていた。

ただ、最近アルが考えこむようにぼーっとしていることがよくある。何か悩んでいるなら話を聞くと言ってはいるのだが、アルから相談されたことはない。

信頼されてないのかな……少しだけ寂しく感じてしまう。

ソロで受けた討伐が終わってギルドに戻ると、食堂でアルが金髪美女に腕をとられていた。

……こういうときに、もし恋愛的な意味で好きなら嫉妬《しっと》とかするのかな。今のところ俺の感想は、羨《うらや》ましいな、だ。

「あっ、キラ！　今戻ったの？　こっちにおいでよ！　キラの好きなキリク産のエールが入荷してるんだ」

行っていいのかなと美女の方を見ると、微笑《ほほえ》まれた。……お邪魔じゃないならいいかな。

隣の美女はカーラという冒険者らしい。たぶん前にアルと食事に行った店を紹介してくれた人だと思う。豪華な波打つ金髪の綺麗な女性だが、冒険者らしくがっしりした体つきで、肩幅もそれなりにある。

しばらく三人で話しながら酒を飲んでいたが、珍しくアルが他の冒険者グループに呼ばれて席を離れたので、カーラと二人になってしまった。

ぐいっと手元の酒を飲み干してから、カーラがおもむろに口を開く。

「私、最近急に有名になった魔術師キラと話をしてみたかったの」

「有名？　アルやジルさんといるからか」

「そうよ。なんといっても難攻不落のアルが随分ご執心だって、めちゃくちゃ噂《うわさ》になってる。ねぇ実際のところはどうなの？　もう付き合ってるの？」

「付き合ってないいし、付き合ってくれとも言われてないよ」

「うそ。じゃあ友達として仲が良いってこと……？　……いや……でもアルのあの態度は……。それなら！　私、本気でアルにアプローチしてもいい？」

カーラが探るようにじっと見つめてくる。

「どうぞ。俺の許可なんかいらないし」

「……もう、なんでそんなに余裕なの……。……必死になってる私が恥ずかしいでしょ。アルはねぇ、とにかくもてるのよ。この街のギルドに現れてすぐ目をつけたんだけど、ライバルは多いし、アルのガードも固いしで全然近づけなかったの。やっと最近仲良くなれたと思ったらあなたの登場よ」

「はぁ」

「仲良くなったって言ってもね。私は食事に誘うのもひと苦労なのよ。未だに二人きりでは行けてないし。アルから誘ってほしくておすすめの店の話をしたのに、ありがとう今度行ってみるよって爽《さわ》やかに返されたときの悲しさ……。結局あなたと行ったたって言うし。いいんだけどね別に」

「あぁ、美味《おい》しかったです……」

「でしょ？　あの店良い店なの。その向かいのカフェもおすすめよ。あのね、男のあなたにはわからないだろうけど、冒険者をやってると婚期逃しがちなの。そこにきてあの優良物件よ！　容姿、人柄良し、婚約者なし。アルはベテラン独身女性冒険者達の最後の希望なの！」

「……はぁ」

もはや完全な酔っ払いである。プライドが高そうな美人風の見た目に反してぶっちゃけてくるお姉さんが面白くて、なんだか楽しくなってきた。

「ねぇ、私美人でしょ？　いい加減誰か引っかかってくれてもいいと思わない？　それとも自分で思ってるほど綺麗じゃないのかな……」

「そんなことないよ。カーラはすごい美人だ」

「そうよねありがとう。あなた優しいわね。じゃあなんでもてないの？　……やっぱりガタイが良いから？　……」

カーラがぶつぶつ言っている。……たぶん普段から色々ぶっちゃけ過ぎなんじゃ……と思ったものの、余計なお世話かと思い口には出さなかった。

カーラは明るくて魅力的な人だ。そのうちいい人が現れるだろう。

だいぶ経《た》ってからアルが不思議そうな顔をして戻ってきた。

「この短時間で随分打ち解けたんだね。いったい何の話してたの？」

「えっと、カーラの今後の展望について」

「ふーん？　カーラだいぶ酔っ払ってるね。変なこと言われなかった？」

「特には。カーラは面白いし良い人だな。仲良くなれそうだよ」

「妬《や》けるな。キラは俺がカーラと腕を組んでようが嫉妬の一つもしてくれないのに」

いきなり何を言ってるんだこいつは。

ちょっとそういうの私のいないとこでやりなさいよ、というカーラに追い出されるようにして食堂を出ながら、こんなに賑《にぎ》やかな時間は久しぶりだな、と思った。

帰り際、何故《なぜ》かカーラに、ちゃんと告白されたときのためにアルのこと真面目《まじめ》に考えときなさいよね、と言われたが、その場合の俺の答えは決まっている。

なんだかんだ年下の優しい青年にだいぶ絆《ほだ》されているのだ。

9．ジルと討伐依頼へ

ギルドでこの間とは違うゴリマッチョにパーティーを組めと絡まれていると、またタイミングよくジルが現れた。

「またか。お前大人気だな。悪いがこいつはソロ主義だから他を当たってくれ。しつこくしないでやってくれよ」

渋々といった様子でゴリマッチョが下がっていく。

「あぁそうだ。ちょうど良いな。少し東に行った村の近くで魔物が大量発生したらしくて、ギルドに応援要請があった。今から知り合いかき集めて応援に行くところなんだ。お前も来い。今後もパーティー組めとか言わないからさ」

「それ俺、拒否権あるんですか」

「もちろんない」

おどけたように言うジルに、半ば引き摺《ず》られるようにして討伐に連れて行かれることになった。

大量発生したのは小型から中型の魔物のみと聞いていたので、そんなに大変じゃないかなと思っていたら甘かった。数がえげつないのだ。

村に着いた俺達が目にしたのは、村から森へと続くだだっ広い平原の一部を占領する魔物の群れだった。

討伐に向かう途中に聞いた話だと、森を挟んで反対側にある村は数日前に既に被害に遭っており、見張りがすぐに気づいて村人の避難は間に合ったが、村は魔物の襲撃で甚大な被害を受けたそうだ。

そのときの魔物が移動してきているのではないかとのことだった。

討伐部隊は二十人ほどで、この地域の警備隊の隊員とジル率いる冒険者が半々だ。地域の警備隊が主に村人の避難指示や誘導にあたり、残りの隊員と冒険者達で魔物を迎え撃つ。

討伐にやってきた冒険者達は皆、確かなキャリアを感じさせる人達で、一人一人の動きが素晴らしかった。全員のランクは聞いていないが、きっと高ランクの人達ばかりなんだろう。

誰かが指揮をとっているわけでもないのに、なんとなく連携し、各自のスタイルでどんどん向かってくる魔物を倒していく。

そんななかでもジルは圧巻だった。魔法で炎を纏《まと》わせた長剣で、周囲の魔物を薙《な》ぎ払《はら》うように一気にばさばさ斬り捨てていく戦闘スタイルはとても豪快で、そんな場合ではないのについ目を奪われてしまった。

俺はジルの知り合いの魔術師とともに、ひたすら前衛部隊の攻撃から漏れた魔物を攻撃したり、死角から味方に襲いかかる魔物を吹き飛ばしたりしていた。

これまでの冒険者生活のおかげで、少しは役立つやつになっててほんとによかった……！

あまりに数が多くてなかなか減る気配が感じられず、やっと動いている魔物がいなくなった頃《ころ》には、すっかり西日が差していた。

静かになった平原で一息ついていると、ジルが近寄ってくる。

「キラは魔法の発動スピードが速いんだな。ここまで速いなら、接近戦でもほとんど魔法で対応できそうだ。攻撃も的確だし、味方の動きをよく見てくれているから戦いやすかった。これはアルがパーティーを組みたがるわけだ」

「俺はそんなに大したことないですよ。今回はセインさんと一緒だったので、周囲を気にすることなく得意な魔法に集中できましたし」

セインさんはジルの知り合いのA級魔術師だ。

「充分すごかったよ。今までたくさんの魔術師と仕事してきたけど、キラくんの発動スピードは今まで会ったなかでもトップクラスだよ。魔力切れしていないところを見ると、魔力量もかなり多そうだし。近いうちに大型依頼を受けるつもりなんだけど、ぜひ私のパーティーにも助っ人で来て欲しいな」

「お言葉は嬉《うれ》しいんですが、俺はソロ冒険者なので……今回はジルさんに引っ張ってこられただけです」

「そう？　残念だな。また誘うよ」

セインさんはそう言って微笑んだ。

その後は、討伐に参加した冒険者達でミリエルに戻り、そのまま飲みに行った。ジルの知り合いは皆、陽気で気の良い人達ばかりで、初めての俺も気兼ねなく楽しむことができた。

10. アルと王都へ行く

ある日、アルが一緒に王都に行きたいと言ってきた。

うーん。別の国の話だけど、王族関係には嫌な思い出があるし、なんとなくあんまり王都には行きたくないんだけどな……。

「ミリエルは快適だけどさ、たまには他の街に出かけるのも楽しいと思わない？　俺、キラが気に入りそうなお店とか綺麗《きれい》な場所いっぱい知ってるから連れて行きたいんだよ。だめかな？」

……結局、俺は今王都の広場に立っている。俺はアルのお願いに弱いのだ。

円形の広場には中央に大きな噴水と花壇が設置され、広場の外側には芝のような緑のエリアが広がっている。緑のエリアと広場の境界部分には南国風の背の高い木が整然と植えられている。

広場の中にベンチが設けられており、人々が食事したり談笑したり、思い思いにくつろいでいた。

「キラは王都は初めて？　あっちに見えるのが王宮だよ。この広場から南にのびてるのがメイン通り。最新の魔道具を扱う店とか、輸入雑貨のお店とかあるから後で行こうね」

「へぇー。随分綺麗に整備されてるんだな。この広場も手入れが行き届いてる。ゴミもほとんど落ちてないし」

「ここは観光名所の一つでね。噴水の台の下に彫刻があるのが見える？　あれは有名な彫師の作品で、美術的価値もかなり高いんだ。今の王様になってから街の衛生にかなり力をいれているから、ここに限らず、王都は清掃が行き届いてるよ。スラムは別だけどね」

「よく知ってるんだな。アルは王都に住んでたのか」

「うん、四年くらい前までね。今も知り合いが王都に住んでるから、時々来てるんだ。じゃあ早速メイン通りに行こう」

最初に魔道具店に行った。売られている魔道具の種類はアーガイルの店とそれほど変わらなかったが、魔石の値段が安いのか、全体的にかなりリーズナブルだった。

輸入雑貨の店は品数がものすごく多くて、アーガイルの城下町やミリエルでは見かけない品があり、面白かった。

色どり豊かで繊細な柄の織物に目を奪われて、玄関マット用に一枚買うことにしたのだが、二つまで候補を絞ったものの、どちらも気に入って選べない。

「なぁアル。家の入り口に敷くのに一枚買いたいんだけど、どっちが良いかな？　こっちの方が色味は好きなんだけど、こっちの柄も捨てがたいんだよなぁ。……アル？」

「え……？　あぁ、ごめん。……何の話だっけ？」

「……えっと、買うならどっちがいいと思う？」

アルは今朝《けさ》から、ふとした瞬間に心ここに在らずの状態になる。しかも一度や二度ではないのだ。ここ最近考えこんでいることと関係があるのだろうか。……気になる。

雑貨屋を出て、昼は最近人気だと言うテイルステーキのお店に行った。結局何のテイルだったのかはわからなかったが、味つけは俺の好みにぴったりで美味《おい》しかった。

昼過ぎになって、アルがどうしても行きたい場所があるというのでついて行く。街の中心エリアを抜けて、急な坂道をひたすら登って行く。

着いた先は高台になっていて、街を一望することができた。夕方の、オレンジの日差しが照らす街の景色《けしき》は見惚《みと》れるくらい美しかった。風が気持ちいい。

「俺はこの場所が気に入ってるんだ。学生のときも、学院を卒業して騎士団に入ってたときも、一人でゆっくり考えたいときはよくここに来てたんだ。ここから王都の街並みを見てると、街で働くたくさんの人が見えるだろう？　こんなにたくさんの人達がそれぞれ精一杯生活してるんだって……。それを見てると大抵の悩みは深刻じゃないなって、明日からまた頑張ろうって思えるんだ。……ここにどうしてもキラと一緒に来たかったんだ」

「ありがとう。嬉しいよ」

ものすごくデートっぽい雰囲気になってしまい落ち着かない。アルが大事な場所に連れてきてくれたのが嬉しくて、胸が温かくなった。

ちょっと照れ臭くて、つい歪《ゆが》みそうな顔を見られないよう落下防止のための柵《さく》に歩み寄って街を見ていると、首元でカチッという音がした。

「ごめんね」

「……え？　何？」

振り返ろうとすれば、いつの間にか両脇に黒いローブを着た男が立っていて、腕を掴《つか》まれた、と思ったら俺の周りの景色が一変した。

11. 青い空が見たいです

どうやら俺は転移させられたらしい。

顔をあげて、目の前の景色にげんなりした。

足元からまっすぐ延びるレッドカーペットのずっと先では、やたら背もたれが高い豪華な椅子に王様らしき人が座っている。傍らに側近っぽい人、両側に騎士が計八人。

俺の斜め後ろには俯《うつむ》くアルと、俺を連れてきた魔術師が二人。

……なんでこうなった。

俺は目を閉じて心の中で天を仰ぎ見た。ここで上を向いても天井しか見えないしなぁ。

今は青い空が見たいよ。あとは山とか。

あぁ、現実逃避したい。

さっきまでの時間を思い出すと胸が痛む。大事な存在だって思ってたのは俺だけだった？

後ろでドアが開く音がしたから振り返る。

「本当なのか?! アーガイルの神子を保護した……と……」

嘘《うそ》だ。視線の先では正装したジルが目を瞠《みは》っていた。アルもジルを見て驚いているから、ジルが来るのは知らなかったようだ。

でもだめだ。すっかり心が弱っている俺は、ジルにも裏切られたような気分になって、またダメージをくらってしまった。

ジルが玉座の隣に立つのを待って、王が口を開く。

「宰相よ、この者がアーガイルの神子であるとは真か。神子は黒髪黒目だというが、この者は赤毛であるし瞳《ひとみ》の色も違うぞ」

「しばしお待ちを。……《魔法を解け》」

宰相がこちらを見て命令した。

ため息をついて、姿を変える幻惑魔法を解く。これで元々の俺の姿になったはずだ。髪はこっちに来てからほとんど前髪しか切ってないから、毛先がぎりぎり肩につかないくらいまで伸びている。

俺の姿を見て一同唖然《あぜん》としていたが、ジルが我に返ったように俺の首を見て、厳しい顔で声を荒らげる。

「まさか首のそれは隷属の首輪か?! どこで手に入れた。製造も販売も法で禁止されているはずだ」

そう。首のこれは世界最悪のアイテム、隷属の首輪だ。主人の命令に背くと、全身が死んだ方がましだというくらいの激痛に襲われるらしい。

「そんな! 一時的に魔力を抑える装置ではないのですか。彼を害することはしないという約束ではないですか!」

アルが後ろで叫んだ。

「これは我が家で古くから保管されていたものです。陛下、神子は膨大な魔力を有しており抵抗されると危険です。それに、これでいつでも国内の瘴気《しょうき》が浄化できます。それ以外にも色々な使い道があることでしょう」

　宰相が淡々とした様子で告げる。どうやら俺が塡《は》められた首輪は、宰相からアルに託されたものらしい。状況から明らかだったけど、宰相とアルはがっつり結託してたってことだ。

「しかしこれは……。私がお前に指示したのは神子との面会の場を設けることだ。隷属の首輪の使用許可など出していないであろう」

「何が問題なのです？　話し合いなどしなくとも陛下のご希望を叶《かな》えることができます」

　宰相が特に悪びれもせず、勝手なことを言っている。

　……これはないな。

　俺は全身の魔力を圧力をかけて一気に巡らせる。パキンッと小気味良い音を立てて、首輪が砕け散った。騎士達が王を囲んで剣先をこちらに向け、一斉に臨戦態勢になる。

「これは我慢できない。俺は仕事帰りに突然この世界に召喚され、使えないからと殺されかけたから逃げてきたんだ。これ以上道具扱いされたくない」

「……剣を降ろして下がれ」

　緊迫した空気のなかで国王の声が響く。

「……神子殿、非礼を詫《わ》びよう。申し訳なかった。私は現国王のアレクシス・ダイナスだ。貴殿の名を教えてほしい」

　よかった、ここの王様はクソ野郎ではなさそうだ。

「アキラ・イトウです」

「イトウ殿。宰相に貴殿をここへ連れてくるよう指示したのは私だ。随分と強引な手段で連れてきただけでなく、貴殿の人格を無視するような扱いをしたこと、改めて謝罪する。宰相には追って処罰を与える。貴殿の希望があれば聞くが」

「そうですね。正直、彼に隷属の首輪をつけてどこかへ売り払っていただきたいところですが……」

青褪《あおざ》めた宰相を一瞥《いちべつ》して続ける。

「少しの時間で構いませんので、先にアルフォンスと話をさせていただけますか」

「構わない」

「アル」

アルの肩が震えて、ゆっくり顔が上がる。

「俺はアルのこと信頼してたし、大切だと思ってたよ。何があったのかアルの口から説明してほしい」

アルはしばらく、痛みに耐えるような顔をして、無言で俺を見つめていた。それから再び俯くと、震える声でぽつりぽつりと話し始めた。

「……俺、伯爵家の次男なんだけど、父親の金遣いが荒くて、家はずっと前から借金で火の車でさ。俺が冒険者になったのも危険を冒せば高収入が見込めるからなんだ。兄は父の代わりに領地を立て直そうとしてるけど上手《うま》くいかなくて……。いよいよ立ちゆかなくなってきて、このままだと家の取り潰《つぶ》しだって、父が母と二人の妹に身売りしろって言い始めて……宰相とは遠縁だから融資を頼んだけど、全然とりあってもらえなくて。俺、交渉するのに必死で……キラのこと話したんだ。そしたら、キラを王宮に連れてくれれば借金を立て替えてくれるって。家も取り潰されないよう便宜を図ってくれるって言われて」

「そっか……。そりゃ訳の分からない異世界人より家族の方が大事だよな」

「違う！　話をするだけで、キラのことを絶対傷つけないって言うから俺は……」

ため息をついて、アルの目を見る。

「アル。陛下の前でこんなこと言ったら不敬とかになるかもしれないけど、権力者の言うことを鵜呑《うの》みにしちゃだめだ。アルとの約束だって、向こうに守る気がなければ簡単に無かったことにされる。それが可能な人達なんだから」

「……そうだね……」

「俺が今言いたいのはそれだけだよ。……陛下、お時間ありがとうございました」

「もう良いのか」

「はい。宰相の処罰について俺の希望はありません。ただ、彼とアルフォンスとの約束は必ず守っていただきたいです」

「……承知した。責任を持って約束は守らせよう。カーチス伯爵家の当主は交代させる必要がありそうだな。アルフォンス、下がれ。それから、宰相はひとまず自宅での謹慎を命ずる」

12. 王様とのお話

アルと宰相、魔術師達が退室したのを確認して、俺は王様を見た。

心は乱れに乱れまくっているが、動揺具合が振り切れたからか逆に冷静だった。まずはこの場を乗り切らなくては、と全《すべ》ての感情にいったん蓋《ふた》をして王様に問いかける。

「それで、私を王宮に呼んだのはどういったご用件でしょうか」

「見当がついているとは思うが、貴殿に瘴気の浄化をお願いしたい。どうか協力してもらえないか。報酬は貴殿の望むものを与えよう。それ以外にも何か希望があればできる限り応じよう」

俺はアルと行った森の瘴気溜《だ》まりを思い出す。あんまり実感なかったけど、今も瘴気が原因で苦しんでいる人がいるのかな。どうせ引っ張り出されたんだ。無関係でいたかったけど何かできるなら……。

「ご期待に沿えるかどうかはわかりませんが、瘴気の浄化を行うのは構いません。でもそれが終わったら必ず私を自由にしてください。町で普通に暮らしていけるように」

「……それは浄化が終われば一切干渉するなと言うことか」

王の懸念はわかる気がした。異世界人である俺は特殊な存在だ。このまま他国へ行かれても困るし、何かあったときのために繋《つな》がりを残しておきたいのだろう。

「……それは今後の、私と王家の関係性にもよるかと思います」

「そういうことであれば、貴殿との信頼関係構築に努めることにしよう。貴殿に何かを強制することはしないと約束する」

「ありがとうございます」

「早速だが話を進めよう。瘴気の浄化については、同行する者の検討を早急に進める。指揮はここにいる兄に任せるので、詳しいことは兄と相談してほしい」

見上げた先には、見慣れたはずの精悍《せいかん》な顔がある。何故《なぜ》ジルがここに居るのか不思議だったが、まさか王兄殿下だったとは。なんだ、思いっきり王族じゃないか。何度も気安いやりとりを交わしていたはずのその人は、服装のせいか全然知らない人みたいに見えた。

「……兄……王兄殿下でしたか。よろしくお願いします。……ジル様でよろしいのでしょうか」

「ジルヴィアス・ダイナスだ。ジルでいい。敬称も不要だ。……後でちゃんと話をさせてくれ」

「……わかりました」

王との謁見《えつけん》が終わった後、そのまま俺は城の一室でジルと向かい合っていた。

「……ジルさんが王兄殿下だったなんて驚きました。俺なんかにもすごく気さくに話してくれるし、生粋の冒険者という感じだったので……。ギルドの人達は知ってるんですか」

「いや、ギルドマスターのシヴァには伝えているが、その他には知られていないだろう。俺が王都を離れたのは何年も前だし、もともとあまり城の外では顔を知られていないからな」

「あの強面《こわもて》のスキンヘッドの方ですよね。俺は一回しか会ったことないな」

「あいつはギルドマスターのくせに、滅多にギルドに顔を出さないからな。古くからの職員達のおかげで、それでも問題なくまわっているが」

少し沈黙が続く。先に口を開いたのはジルだった。

「……アルフォンスは馬鹿だ。それとお前は訳の分からない異世界人なんかじゃない。ソロ主義でクールな凄腕《すごうで》魔術師だ」

「……クールだったんですか、俺」

「クールだろう。俺とアル以外、ギルドのやつらともほとんど喋《しゃべ》らなかったくせに。丁寧ではあるがいかにも一線引いてますって感じで、最初の頃《ころ》は俺でもめちゃくちゃとっつきにくかったんだぞ」

「それはたしかに……。そう見えるのか。すみません」

「お前の場合は事情が事情だからな。……それから……俺が言えたことじゃないが、アルがお前といて楽しそうにしてたのは本心からだと思うぞ」

ジルが気遣うように言う。

「そうだといいですね。今はまだ、どこまで信じていいのかわからないけど」

アルは俺が神子だっていつ気づいたのだろう。せめて仲良くなってからだといいな。

食事に誘われたり、俺に気のある素振りはされたけど、はっきり付き合ってほしいと言われたことはない。やっぱりそういうことだったのだろうか……。そりゃあアルみたいな人が本気で、平凡な俺に言い寄ってくるわけないとは思っていたけれど。

別にこんなハニートラップみたいな真似《まね》しなくたって、友達のままでも俺はきっと喜んでついていったのに。

勝手に一人で勘違いして舞い上がっていただけだったなんて、本当に情けない。でも一番辛《つら》いのは、アルとの間に確かにあると感じていた友情まで、信じられなくなっていることだ。恋人になるとかならないとか以前に、アルは俺にとってこの世界でかけがえのない友達だったから。

「……でもまだよかった、アルが俺のことはどうなってもいいと思ってたわけじゃなくて。アルの手で隷属の首輪をつけられたのはちょっと堪《こた》えましたけど……はは……」

取り繕うように言ってみたら、ジルの真剣な声が返ってきた。

「そんなはずないだろう。今までのあいつの態度が全部嘘だったと思うか」

「そうですね。……でもなんで……なんでそのまま全部教えてくれなかったかな……。話してくれていれば、自分から登城することも含めて、どうすれば良いか一緒に考えたのに……」

なるべく辛気臭くなりたくないのに、ジルが慰めてくれるから本音が溢《あふ》れた。

「……アルは馬鹿だ……」

ちなみに神子に関する事前情報は全て宰相が握っており、一切王に知らせなかったため、ジルも俺が神子だと知ったのは謁見のときだったらしい。

たぶんジルの登場でも落ち込んだ俺の気持ちがばれていたのだろう。ジルから、身分以外は何も偽ってないから安心しろ、と言われた。

それから、準備が整い次第、最初の浄化場所に向かいたい、それまでは王都に滞在してほしい、と言われた。

「宿は決まってるのか？」

「いえ……」

アルがとっておくと言っていたが、今日の様子では実際には予約なんかしてないだろう。

「アレクは城に部屋を用意すると言っていたが……お前は嫌がりそうだな」

「……城は遠慮したいです。『キラ』の容姿なら目立たないですし、適当な宿にいますよ」

「俺としては目の届くところにいてくれる方がありがたいんだがな。どうするか……よし、俺も同じ宿に泊まろう」

「いや、そんな……」

「別にいいだろう。いい宿のあてがあるから、早速行こう」

笑顔で押し切られてしまうと断れない……。

結局、ジルは本当に着替えて荷物をまとめてくると、俺を連れて街に出た。

王兄殿下は他に泊まるところがあるだろうと思ったが、王都の宿はわからないし、もはや諦《あきら》めの境地でついていく。

メイン通りに近い宿の一つに泊まることになり、ジルとは部屋の前で別れる。……ジルの部屋は隣だ。

部屋で一人になってベッドに腰掛け、ほっと一息ついていると、考えたくなくても今日の出来事が浮かんでくる。

「これは失恋したんだよな……」

声に出してみるとなんだか身体《からだ》の力が抜けて、そのままベッドに倒れ込んだ。

結局はっきりしたことは言われず、言えもしないまま終わってしまった。アルはどんなつもりで俺に接していたんだろう……。アルの表情や言葉を思い出してまた胸が苦しくなった。

あのとき、あんな説教めいた言葉じゃなくて、もっとアルに言うことがあっただろうと自分でも思う。でも何も出てこなかったんだからしょうがない。

俺はああいう場面で、感情のまま素早く自分の気持ちを表現できるようにはできていないのだ。

翌日は部屋に呼びにきたジルと朝食をとった。ジルは城に用事があるらしく、外に行くなら十分気をつけろよ、と言い残して出勤した。

その日は何もやる気がおきなくて、二度寝したり、少しだけ宿の近くを散歩したりしてだらだら過ごした。

【番外】アルフォンスの後悔

初めてキラに会ったときの印象は、びっくりするくらい普通な人、だった。

あの日、思わぬところでペルビルの群れに囲まれた俺は、その前の討伐で利き足を怪我《けが》していたこともあり、窮地に立たされていた。

必死に心を奮い立たせて剣をふるっていたとき、突然何体かの魔物が風の刃を受けて倒れた。

予想していなかった援護に驚いて風がきた方角を確認すれば、黒いローブを着てフードを被った人物が立っていた。

まだ魔物の襲撃は止《や》んでいなかったから、すぐに魔物に意識を戻して斬り伏せる。数が一気に減っていたからなんとかなった。

緊張から解放されてしゃがみ込んでいると、ローブの人物が近寄ってきたので声をかけた。

「さっきは助けてくれてありがとう。本当に危なかったからすごく助かった。まさかこんなところでペルビルの群れに遭遇すると思わなくて。俺はアルフォンス。君は？」

「俺はキラ。C級冒険者なんだ」

ローブのフードをおろして答えてくれたその人は、本当にどこにでもいそうな平凡な顔だった。

彼もミリエルに住んでいると言うので、街の方へ戻りがてら彼と話した。彼と話してわかったことは、もともと外国で冒険者をしていて最近ミリエルへやってきたこと、ソロで活動していることなどだ。

俺は自分では人当たりのいい方だと思っていたが、あまり彼と親しくなれた感じはしなかった。

それなりに話したのに、彼自身について知ることができた情報は僅《わず》かだ。俺の話を促してくれた割には、特に俺に興味がありそうでもなかった。

ギルドへ戻り他の冒険者達と話していると、いつの間にか彼は姿を消していた。仲間達に紹介しようと思ったのに。

それから、ギルドで彼を見かける度に話しかけた。彼は毎回短い言葉を返してくれるが、一向に他人行儀な態度を崩さない。

俺は親しくなりたいのに、縮まらない距離が悔しくて、もはや意地になって彼に話しかけ続けた。

ようやくキラの態度が変わってきてからは、誰《だれ》に対しても丁寧に接し距離をとる彼が、俺にだけ気安く話してくれるのが嬉《うれ》しくて、ますます彼に構うようになった。

キラは一見冷たいがとても優しい。仲良くなる前でも、俺がしつこく声をかけると困った顔はするものの、無視されたことは一度もなかった。何か言えば律儀に全《すべ》て反応を返してくれるし、なんだかんだお願いは大体聞いてくれる。

他の冒険者と関わろうとしない癖に、討伐で誰かが危機に陥っている場面に居合わせれば、何も言わず魔法で援護していたりする。

ものすごく普通な容姿の彼と過ごす時間は、格別に居心地《いごこち》がよくて、いつのまにか虜《とりこ》になっていた。

ある日キラと話していたら、ギルドにジルがいた。正直に言えば彼にジルを紹介したくはなかった。

ジルは俺から見ても格好いいし、人格者であり冒険者としての実力も段違いだ。

キラとジルと三人で食事に行った帰り道、キラがあまりに楽しそうだったから、ジルを誘ったことを少し後悔していた。

彼にジルみたいな人が好きかと訊《き》けば、格好いいし良い人だと答えた後に、俺の顔を見て、アルも格好いい、と付け加えてくれる。

その様子がキラらしくてつい、あえて思わせぶりなことを言った。このまま俺を意識してくれたらいいのに。

家へ戻って少し悩んだ後、俺はキラへの好意を隠さないことに決めた。自惚《うぬぼ》れでなければ、充分受け入れてもらえる可能性があると思ったからだ。

俺が隣にいるのが普通になるように、しつこくキラについていく作戦だ。予想通り、彼は文句を言いつつも俺を拒絶しなかった。

本気で、このまま距離を縮めて、恋人になってくれるよう頼むつもりだった。

あの日、彼の秘密に気づいて、俺が最悪なことをしでかしてしまうまでは。

キラと討伐に行ったある日、瘴気《しょうき》のある森へ入った子どもを探すことになった。瘴気溜《だ》まりの近くで子どもを発見し、ひどく顔色の悪い子どもを抱えてキラのもとへ戻った。

魔物の襲撃は一瞬のことだった。キラの背後に魔物が現れ、彼が攻撃するのを見ていた刹那《せつな》、右側の茂みからもう一体出てきた。

普段の俺なら気配で気づけたと思う。でもそのときは瘴気に近づき過ぎたためか、体が重く感覚が鈍っていた。

とにかく子どもを庇《かば》うことに必死で右腕を突き出すと、魔物が食らいついた。鋭い痛みを腕に感じる。堪《たま》らず呻《うめ》くとキラが気づいて魔物を吹き飛ばしてくれた。

魔物は毒を持っていたのか、情けないことに俺は意識を失った。

気がついたときにはキラの薄い肩に担がれていて、腕の傷は跡形もなかった。子どもの顔色もすっかり良くなっていた。訊けば、キラは治癒魔法も使えるのだと言う。

治癒魔法の使い手はとても希少だ。そのため、本人の希望にかかわらず、権力者とのごたごたに巻き込まれることもあると聞く。キラが彼の秘密を俺に教えてくれたことが嬉しかった。

彼のもっと重大な秘密に気づいたのは、それから数日経《た》ってからだった。

仲間の冒険者と街の酒場で飲んでいると、そのうちの一人が気になる話をした。

「クリムトに住んでる友達の弟がさー。討伐で森に入って、どういう経緯か知らないけど瘴気にあてられたんだってさ。それからぼんやりして、ひどく衰弱してるらしいんだよ」

この間の子どもを思い出し、俺は尋ねた。

「治癒魔法を使える魔術師にみせないのか？」

「それが、瘴気には治癒は効かないんだって。アーガイルの神子なら瘴気の浄化ができるらしくて、ダメもとで神子が来たことのあるアーガイルの救護院に連れて行くんだってさ」

……どういうことだろう？　あの場には俺とキラと子どもしかいなかった。キラは浄化を使った？

そのとき、神子は二人来たという召喚当時の噂《うわさ》を思い出した。

キラは時々聞きなれない言葉を使う。たまに何でもないことに驚いている。それは彼が異世界から来たからだとしたら……？

普段通りの生活を送っていたある日、母から手紙が来た。

実家の借金の返済を待ってもらえず、母と二人の妹が売られそうであること、度重なる醜聞により最悪このまま爵位を取り上げられる恐れもあること。どうか妹達だけでもなんとかできないか、という内容だった。

うちにはどうしようもない父親がいる。父はもともと没落貴族の三男だ。その整った容姿で裕福な伯爵家の令嬢であった母の心を射止め、今の地位を得た。しかし、生来の放蕩《ほうとう》性と浪費癖によりあっという間にカーチス伯爵家の財産を使い果たし、多額の借金を抱えるようになった。

俺の収入の大半は実家の借金返済に消えているが、返済するそばから父が新たに借金をするから、家の状況は改善しない。

気が弱く優しい母と、社交界デビューしたばかりの二人の妹の顔を思い浮かべると、いてもたってもいられず、必死に俺にできることを探した。

考えた末、俺は現宰相のオーブリー・ライエンに会いに行くことにした。

彼は遠縁の親戚《しんせき》にあたるが、正直なところ、数回親戚の集まりで顔を合わせた程度で、面識があると言っていいか怪しいレベルだ。

それでも縋《すが》る思いで彼を訪ね、融資を頼んだ。

「突然訪ねてきたかと思えば金の無心とはね。カーチス家の実情は噂でよく知っているが。もちろん融資は断る」

「なんとかお願いできませんか！　母と妹を助けたいんです」

「その融資、私に何のメリットがあるというんだ？　返ってこないとわかっている金を貸すやつがいるか？　私は自分の金をドブに捨てる趣味はない」

……言い返せない。でもここで断られたら終わりだ。うちはもうまともな金貸しからは相手にされない。

焦った俺は必死で考えた。何か交渉のためのカードがないか、何か……何か……。

そのときキラのことが頭をよぎった。それが最大の間違いだったのに。

「アーガイルの神子の噂をご存知ですか？」

「……何の話だ。はっきり言え」

「神子は実は二人召喚されたという話です」

「そういう噂があったのは知っているが、その後神子として活動してるのは一人だろう」

「確証はありませんが、表舞台に立っていないもう一人を、俺なら連れてこられるかもしれません」

「……ほう？　詳しく話せ」

「……知り合いに治癒が使え、瘴気の浄化ができる者がいます。外見は伝承通りの黒髪黒目ではありませんが」

「……外見はもしかすると魔法で変えているのかもしれん。そういう類《たぐ》いの魔法があると聞いたことがある。神子でないとしても瘴気の浄化ができるなら使えるな」

「彼に力を貸してもらえないか頼んでみます。だから、もし彼を連れてこられたら……」

「ふん。もし瘴気の浄化ができる者を陛下に献上できれば十分な手柄となるな。いいだろう。その者を連れてこられたらお前の家の借金は立て替えてやる。爵位も取り上げられないよう手を回そう」

「ありがとうございます！　ではまず彼に……」

「いや、万が一にも逃げられたら困る。何も言わずに連れてこい。そうだな、陛下の前に直接連れていくのが良いだろう。手順はこちらで指示する」

「……でも……」

「従えないなら交渉は決裂だ。心配するな、陛下のもとへ連れて行って、直接陛下と話をしてもらうだけだ。いいか、余計なことは決してするなよ」

「話をするだけですよね？　彼は大事な……友人なんです。傷つけないと約束してください」

「……ふ、その友人を売るような真似《まね》をしておいてよく言う。まぁいい。神子は傷つけないと約束しよう」

それからの日々は俺にとってひどく悩ましいものだった。

キラと過ごす時間が楽しくて、俺は宰相との話を頭の隅に押しやり、努めていつも通り振る舞った。

勝手だが叶《かな》うなら、俺の実家のことも宰相との話も忘れてこのまま過ごしたい。

何度も宰相にキラの話をしてしまったことを悔やんだし、何度も宰相との取引を止めようと思った。

二度も助けてくれた大切な友人で、想《おも》い人でもある彼を裏切るなんて最低だ。

でも他に借金をなんとかするあてなんてない。家族を見捨てる選択もできなかった。

そんな折、領地にいる兄から呼び出しがあった。

「呼び出して悪いな。家の話、母さんから聞いたよな？　いよいよだめそうなんだ。お前も努力して入った騎士団をやめて、冒険者の報酬をうちに入れてくれてたのにごめんな……」

久しぶりに見る兄は、少しやつれたように見えた。

「父さんの放蕩ぶりはすっかり有名になってるから、このままだと家の取り潰《つぶ》しもあり得るみたいなんだ。それだと領民が混乱するだろ。だから先回りして爵位を返上して、きちんとした貴族の領地に併合してもらえるように動こうと思ってるんだ。父さんは聞かないだろうけど……そこはなんとかするよ。それでも借金の問題は残るんだけどさ」

兄が悲しそうに笑う。六歳上の兄は、いつも父の尻拭《しりぬぐ》いをし、俺達を守ってきてくれた。俺も妹達もきちんと学院に通い、一応貴族らしく暮らしてこられたのは、ひとえにこの兄のおかげだ。

俺は一度深呼吸してから言った。

「……少しだけ待って。俺にあてがあるから」

最悪な決断をする覚悟を決めないといけない。

キラとの王都観光はすごく楽しかった。でも俺はその後のことを考えると、胃が痛み気もそぞろだった。それでもこれが最後になるかもしれないから、せめて思い出が欲しかった。

キラを騙《だま》し討《う》ちみたいに王宮へ連れて行ったとき、初めて彼の本当の姿を見た。

漆黒の髪に濡《ぬ》れたような黒の瞳《ひとみ》、顔立ちも肌の色もこの世界の人間とはどこか違っていた。全然平凡なんかじゃなかった。

宰相が俺につけるよう指示してきたものが隷属の首輪だったと知って、どうにかしなければと焦っていたら、キラは自分の魔力で首輪を破壊した。驚いた。本当に彼は神子だったんだ。

罪悪感で顔を上げられない俺に、彼は冷静に何があったか訊いてきて、権力者の言葉を鵜呑《うの》みにするなと諭された。

恐ろしく落ち着いて冷静に話す彼からは、感情が窺《うかが》い知《し》れなかった。いっそ罵倒《ばとう》してくれた方が俺は楽になったかもしれない。

俺は宰相と取引すると決めたときから、後でキラに許してもらえるまで謝ろうと思っていた。でも結局、俺は彼と十分に話もできないまま、彼の前から去ることになった。

今にして思えば、宰相の言葉なんて無視して、せめてキラ自身に相談しておけばよかった。

あの場にはなぜかジルがいた。俺はキラを傷つけることしかできなかったが、ジルは彼を慰めてくれるだろうか。

キラは本名をアキラと言うらしい。俺がその名を呼ぶことができる日は来るだろうか。

告白なんて一生できないに違いない。

後日、王家の口添えがあり、うちの借金はライエン家が肩代わりした。父は今までの違法な賭博《とばく》や詐欺まがいの行い等が明らかになり、当主の座を追われて貴族用の牢《ろう》に幽閉されることとなった。

母と妹は泣いて喜び、新たに当主となった兄からは感謝されたが、俺の心は少しも晴れなかった。

家族とカーチス伯爵家は守ることができたが、喪失感と深い後悔で無気力に日々を過ごした。

気がつけば、キラはどうしているだろうかとそればかり考えている。今の俺にはそれを知る術もないのだ。

13. 初めての浄化の旅

出発当日の朝は、身支度を終えてジルと宿を出て、ひとまず城へ向かった。案内された部屋には共に浄化に向かうメンバーが既に揃っていた。

騎士が四人に魔術師が二人。思ったより少ない。俺が王様になるべく目立ちたくないと言ったから、配慮してくれたのかもしれない。

ジル以外は俺の外見に注目している。ジルが口火を切った。

「俺は冒険者のジルだ。そして彼が神子のアキラ・イトウだ」

「よろしくお願いします」

「騎士団長のクロード・カドアです。お会いできて光栄です。イトウ殿」

グレーの短髪に赤茶の瞳の貫禄《かんろく》たっぷりの男性が、こちらを見て挨拶《あいさつ》してくれた。たぶんジルより年上なんじゃないかと思う。

「彼らは私の部下です。左からエリック、リロイ、ジェドです。若い騎士ばかりですが、実力で選びましたのでご安心ください」

騎士達が礼をしたので、俺も会釈を返す。

「久しぶりだな、クロード。騎士団長がこちらに来て騎士団の方は大丈夫か」

「今は特に不穏な動きもありませんから、瘴気《しょうき》の浄化以上に重要な案件はありませんよ。それにうちは副官が優秀ですから。俺がいなくても十分まわります。またジルさんとご一緒できて嬉《うれ》しいですよ」

クロードさんが嬉しそうな顔で言った。ジルとクロードさんは知り合いのようだ。

「はじめましてイトウ様。私は宮廷魔術師団、副団長のルイス・ハージェスと申します」

綺麗《きれい》な笑顔をこちらに向けてくれたその人は、青みがかった銀髪をゆるく後ろで一つにまとめ、片眼鏡をかけた男性だ。片眼鏡……！　実際に掛けてる人は初めて見たな……。

「ルイスは俺の親戚なんだ。団長も元気にされているか」

「お久しぶりですジル様。マーロン団長は元気が有り余っていますよ。今回も自分が行くってきかなくて大変だったんですから。王都を守る結界の管理をどうするんだって何度も説得して、泣く泣く私を代理にたてたんです。神子様の魔法を拝見する機会をいただけそうですから、戻ったら団長に自慢しまくってやりますよ」

ルイスさんは良い笑顔で言うと、隣のガタイのいい男性を示して言う。

「彼は私の同僚のイシスです。珍しい経歴の持ち主で、傭兵《ようへい》あがりなんです。彼はまだ三年目の宮廷魔術師ですが、実戦経験豊富で肝がすわっているので頼りになりますよ」

イシスさんは、藍色《あいいろ》の短髪の男性だ。薄いグレーの瞳がよく日に焼けた肌に映えている。左頬と右のこめかみにわりと大きな傷跡があり、魔術師というより明らかに戦闘系の職種の人に見える。彼は目が合うと無言で会釈した。

顔合わせが終わればいよいよ出発だ。

今回向かうのは西の森で、馬車で片道一日程度の場所らしい。今晩は近くの町に泊まって、明日森へ入るそうだ。

騎士達とイシスさんは馬で移動し、ジルとルイスさんと俺は馬車移動だ。

「それにしても、まさか私が伝説の神子様とご一緒できるとは思いませんでした。アーガイルの友人がいるんですが、去年会ったときは、神子様を神のごとく崇拝していましたよ。きっと羨《うらや》ましがられますね」

「ああ、それはたぶん別の人だと思いますよ。俺はあの国では神子扱いされていなかったので」

「そうなんですか。そうとは知らず……お気に障りましたか」

「いえ。気にしないでください」

なんとなく気まずい空気になったので、もっと何か言うべきかなと考えていたら、横から救いの手が入った。

「アキラは冒険者として活動してたんだ。魔物討伐の戦力としても優秀だぞ」

「一緒に討伐に行かれたご経験があるんですね。あのジル様のお墨付きですか。これは期待できますねぇ」

ふふふ、とルイスさんが笑う。

「私は水属性でして氷魔法が得意なんです。あまり使える魔法は多くありませんが、無属性も持っています。イシスは火です。イトウ様は？」

「俺に敬称は不要です。俺は……風魔法が得意です」

「そうですか。光属性に加えて風属性をお持ちなんですね」

なんとなく全属性持っていることは言いづらくてごまかした。

特に野盗などに遭遇することもなく、馬車の旅は順調に進んだ。途中、馬車酔いと腰痛がつらくなり、自分に回復魔法をかけた。

ルイスさんが、貴重な回復魔法をこんなところで、と騒いでいたが、今日はもう宿に泊まるだけだし気にしないのだ。

神子だと名乗ってよかったことは、今までこっそり使っていた回復魔法を堂々と使えることである。

夕方、町に到着し、適当な宿で一泊した。

翌朝西の森へ向かう。森の入り口でいったん止まり、先導するクロードさんが騎士達に声をかける。

「瘴気の発生場所はかなり奥だが、魔物が出てくる可能性もある。ここから先は全員気を引き締めろ」

森へ入ってしばらくすると、ぽつぽつ魔物が出てきた。クロードさんの指示のもとで、騎士達が手際よく魔物を倒していく。これなら援護の必要はなさそうだ。安心感がすごい。

最初のうちは馬車が止まるたびに窓から身を乗り出して、魔物と騎士達の戦いを見守っていたのだが、途中から完全に騎士達にお任せでくつろいでしまった。

……今は体力と気力を温存しているのだ。決してさぼっているわけではない。

結局誰も怪我《けが》することもなく、報告されている瘴気発生地点が近づいてきた。馬車を止めてここから先は歩いて行く。

しばらく歩いていると黒い霧の立ち籠《こ》める場所が見えた。

「うわぁ。瘴気発生地点の近くにきたのは初めてですが、こんなに気持ち悪い感じがするものなんですね」

ルイスさんが顔をしかめる。

「瘴気は吸い込むと身体《からだ》を害します。よほど近くに寄らなければ大丈夫だとは思いますが、十分気をつけてください」

クロードさんが俺達に向かって言った。

瘴気だまりの周辺には、何体かの魔物が立っているのが確認できる。瘴気だまりの方へ近づけば、周囲の魔物達が威嚇してきた。

「魔物が邪魔だな。ルイス、この距離から周りのやつらをちらせるか」

「もちろん大丈夫ですよ。ルイス、《氷の槍《やり》》」

ルイスさんがおもむろに氷魔法を発動させた。ルイスさんの頭上に大量の氷柱《つらら》のようなものが発現し、一斉に魔物の方へ放たれると、こちらを威嚇していた魔物達が次々と倒れていった。

「アキラ。行けるか」

こちらを向いたジルに向かって、俺は大きく頷《うなず》いた。

瘴気だまりへ更に近づき、適当なところで立ち止まる。どのくらい近づけばいいかよくわからないけど、この辺でいいかな。背中に皆の視線を感じる。

イヴァン君に浄化をかけたときのことを思い出す。あのときは光で包むようなイメージでやったな。浄化の光……今回はずっと広範囲だ。両手を近づけ手のひらを上に向けて強く念じる。

少しずつ白い光が湧き出てきて溢《あふ》れそうになったところで、光を前方に放った。放出された光はゆっくりと瘴気だまりへ降り注ぎ広がっていく。

次第に光が大きくなり、眩《まぶ》しさに一瞬目を閉じた。再び目を開くとそこには黒い霧も白い光もなくて、ただぽっかりと枯れ草に覆われた地面が残されていた。

「成功だな」

いつの間にか隣にきていたジルが静かな声で言った。

「浄化魔法ってこんなに綺麗なものなんだな」

後ろでイシスさんが呟《つぶや》いたのが聞こえた。

俺は一気に肩の力が抜けた。よかった……王様の前で浄化するのは構いませんとか言っちゃった手前、期待はずれだったらどうしようかとびくびくしてたんだよ！

帰りはまた昨日《きのう》の町で一泊することにし、成功を祝して皆で酒を飲んだ。

小さめの酒場だがかなり賑《にぎ》わっていて、それなりに声を張らないと隣の人と会話をするのも簡単じゃない。俺は目立たないようローブのフードを被ったままだ。

ジルはなんと、クロードさんの前の騎士団長だったらしい。

「俺は燻《くすぶ》っていたところを、ジルさんに引っ張りあげてもらったんだぁ。だから役に立てるように頑張って昇進したのに。それなのに……それなのにぃ……ジルさんは俺に団長押し付けて、さっさと冒険者に転身した！　俺はあなたについて行きますって言ったのにぃ！」

苦笑しているジルの隣で、酔っぱらったクロードさんがテーブルに額を押しつけて管を巻いている。時々握った拳《こぶし》でテーブルを叩《たた》くのやめてほしい。

ほら！　またこぼれてるから！　ジルがクロードさんが倒したコップを戻し、テーブルにこぼれた酒を拭《ふ》いている。……クロードさんよ、それでいいのか？

ちなみにクロードさんはさっきからずっと同じことを言っている。後で聞いた話だと、彼は酒が入ると毎回こんな感じだが、新陳代謝がいいのか、翌朝にはけろっとしていて、なんだったら普段よりも好調らしい。

盛り上がっている騎士達と異なり、魔術師達は粛々とマイペースに酒を飲んでいる。二人ともかなりの量を飲んでいるように思うのだが、全く顔色が変わらない。

ルイスさんはへらっと笑いながら会話に参加しているが、イシスさんはたまに相づちを打つ程度で後は黙々と食べたり飲んだりしている。

だんだん皆のキャラクターがわかってきたな。

ふと気になって隣のルイスさんにこそっと話しかけた。

「あの、ジルさんって王族なんですよね……？　騎士団にいたときの扱いってどうなってたんですか？　クロードさんはジルさんって呼んでるみたいですけど」

「そうですね、あの人は十八歳から普通に新人として騎士団に入ってますし、母方の姓を名乗っていたようですから、騎士団でも本当の身分を知らない者がほとんどじゃないでしょうか。一部の高位貴族出身者や過去に護衛についたことのある騎士は知っていたでしょうが」

「ジルさんの身分を知っていた騎士の人達、めちゃくちゃやりにくそうですね……」

俺は想像してみた。もし日本にいたときの職場で、知事の兄弟が同僚として働いていたら……。めっちゃやりにくいぞ。とりあえず迂闊《うかつ》には注意できなそうだ。

「そうでしょうね。私は騎士団の中での様子は知りませんが、周囲も本人も苦労はあったでしょうね。若い騎士達はジル様について全く知らないと思いますよ。今回のメンバー達も、本気で我が国唯一のS級冒険者だから参加している、とか思っているんじゃないでしょうかね。あ、クロード団長はご存知ですよ」

そんなことあるんだ……。ジルはなんか事情が複雑そうだ。

「ルイスさんとジルさんは親戚《しんせき》なんですよね」

「そうなんです。そんなに近い血筋でもありませんけどね。年齢が比較的近かったので、子どもの頃《ころ》は王宮でよく遊んでもらっていましたよ。私にとってはジル様も陛下も兄のようなものです」

「アレクシス陛下もなんですね」

「ええ。面倒見が良くて何かと世話を焼いてくれるジル様と、昔から賢くて色々なことを教えてくれたアレク様、二人とも大好きな兄ですよ。今はなかなか気軽には会えませんけどね。弟としては寂しい限りです」

そういって微笑《ほほえ》んだルイスさんは、とても優しい顔をしていた。

なんかいいなあ、と子どもの頃よく遊んでくれていた従兄弟のお兄さんの顔を思い浮かべていると、馬鹿でかい声で呼ばれた。

「イトウさーん。今日すごかったたっすねー」

なかなか出来上がった状態で、けらけら笑いながら隣の席に座っているのは、騎士のエリック君だ。

酔っぱらう前にも話したのだが、かなり調子良い感じのお兄さんである。

さっきまで俺の隣にはリロイ君が座っていたはずだが、エリック君がどこかに追いやったみたいだ。

「俺アーガイルの話ってただの伝説だと思ってたんですよー。まさか本当に会えるなんて思わなくて。その瞳《ひとみ》の色も初めて見たんで、ちょっと怖いかなーと思ったんすけど、慣れると綺麗っすね」

「ああ……それはありがとう」

あはは、と笑いながらなぜか俺を覗《のぞ》き込むように顔を寄せてくるので、思わず後ろに身を引いた。

「やめろって。イトウさんがびっくりしてるだろうが」

エリック君の首根っこを掴《つか》んで引き戻してくれたのは、騎士のジェド君だ。彼は、明日の護衛に支障がでるからと酒を一滴も飲んでいない。素晴らしい！　騎士の鑑《かがみ》だ。

その夜は遅くまで思いっきり賑やかに過ごして、馬車でうとうとしながら王都へ帰った。騎士の皆さんとイシスさんにはちょっと申し訳ない。

こうして俺の記念すべき初めての浄化の旅は終了したのだった。

14．瘴気《しょうき》についての新事実

一度王都へ戻り、ジル、ルイスさん、クロードさん、俺で王様に報告をしに行った。

「こんなに早く戻られるとは。本当に西の森の瘴気の浄化は終わったのですか」

「……陛下、臣下の者もおりますから言葉遣いを」

「良いではありませんか、兄上。私だって必要な場面ではきちんと気をつけております。この場に気にする者などおりませんよ」

しれっと言い切って笑った王様は、ジルとはあまり似ていない。初対面のときはあまりしっかり見る余裕がなかったが、こうして見るとすらっとした知的なイケメンだ。

明るい金髪と、エメラルドグリーンのたれ目気味の目元は柔らかい印象を与えていて、女性受けが良さそうな顔立ちだなと思う。

「はぁ。まあいいか。アキラのおかげで、西の森の瘴気だまりの浄化は無事に終わった。クロードが選抜した騎士達の動きは見事で、俺達が出る幕はなかったし、怪我人も出ていない。全《すべ》て順調だったよ」

「西の森の瘴気だまりは比較的小規模とはいえ、こんなにあっさり終わるとは。イトウ殿、貴殿が協力してくれることに心から感謝する。礼は全てが終わったらたっぷりさせてくれ。貴殿のおかげで長らく悩まされてきた問題が解決できそうだ」

「お役に立てたならよかったです。まだ一つめが終わっただけですが」

「この後も順調に進むことを祈ろう。これからもよろしく頼む」

王様が視線を送ると、紺色の髪に琥珀《こはく》色《いろ》の瞳の、俺と同じくらいの身長の男性が王の近くに立った。

「今日はイトウ殿に新しい宰相を紹介しようと思ってな」

「はじめましてイトウ様。サーシェス・ボルドロワと申します。どうぞよろしくお願いいたします」

「こちらこそよろしくお願いします」

人好きのする笑顔を浮かべる男性は、俺とそう年が変わらないように見えた。

「サーシェスは歴代の宰相と比べると若いが、とても優秀だ。今後もこうした場には同席するし、なにかとやりとりすることもあるだろう」

よかった。ダイナス王家に協力することを決めたものの、隷属の首輪をつけてきた宰相とはうまくやれる気がしなかったんだ。

前宰相は先代の王の時代に就任した人で、昔は有能であったらしいが、職権の範囲を越えて勝手に振る舞うことが多く、扱いに困っていたそうだ。

貴族間の派閥の問題でなかなか降ろせなかったらしいが、以前からの調査でいくつも不正が見つかり、解任できたとのこと。

このメンバーだからか王様もとても自然な表情をしていて、和やかな雰囲気だ。せっかくなので、以前から疑問に思っていたことを訊《き》いてみることにした。

「陛下。質問してもよろしいでしょうか」

「ああ、構わない」

「前回の瘴気発生時、同盟国でないなら、ダイナスはアーガイルから神子を派遣されていませんよね。どうやって瘴気の問題に対処したのですか」

「前回の瘴気発生時はダイナスとアーガイルは冷戦状態で、ダイナス側の国々には神子は派遣されていない。記録によれば、最初の瘴気発生から十数年ほどして瘴気だまりは自然と消えていったようだ」

……えぇー！　まさかの自然消滅?!

俺は衝撃の事実に愕然《がくぜん》とした。

前から思っていたのだが、俺が召喚されてからそろそろ二年近く経《た》つ。その間瘴気は浄化されていないが、とりあえず世界滅亡の危機、みたいなことにはなっていない。

思えば、加々谷君の初遠征も、召喚されてから三ヶ月後というゆったりしたスケジュールだったような……。

……あれ？　神子、必要だった？

いや、いた方がいいのはわかるんだけど、異世界から連れてくるほど……？

久しぶりに赤髪の皇太子やクソ皇帝やらの顔を思い出してみた。

うん、あの人達、必要性の吟味とかしなそう。瘴気が発生したぞ、よし神子召喚だ、くらいのノリだったのかもしれない。

思わず俯《うつむ》いて黙ってしまった俺に、ジルが気遣わしげに訊いてきた。

「自然消滅するもののために呼ばれたと聞いて、ショックを受けたか？」

「……少し」

その通りだが、俺を呼んだのはこの人達じゃないんだよなぁ。遠慮がちに答えると、サーシェスさんが申し訳なさそうな顔で説明してくれた。

「……無理やり連れてこられたとお聞きしました。イトウ様には申し訳ありません。ただ、瘴気が発生している状態が十年以上続くというのは、我々にとってはとても深刻な事態なのです。魔物の増加や凶暴化が続けば、被害を受ける町も増えますし、前線に立つ騎士や冒険者達も疲弊します。警備にかかる費用も膨れ上がりますから、様々なところに皺寄《しわよ》せがくることになります」

「前回は、瘴気発生から年月が経過するほど被害が大きくなり、後期になると、大きな街がいくつか壊滅したようだ。国力の低下につけこみ、瘴気の被害を受けていない他国からの攻撃も受けたと記録されている」

王様が続ける。

「前回のような事態に陥らないよう、陛下のご指示で予算を見直し、騎士の増員、駐在場所の増設等を行って対応してはいますが、この状況が何年続くかわかりませんので、どうしても不安は残ります。ですから瘴気自体の浄化ができるイトウ様は、我々にとって希望の光なのです」

十年以上か……。あぁ、微妙……。

……いや、俺はすでにこの世界に来てしまったし、瘴気の浄化もやると言ってしまった。できることがあるだけましだと考えよう。ちょっと混乱したものの、なんとか気持ちを立て直す。

クロードさんによると、騎士団に報告されている限りでは、一番厳しい状況なのが北の森で、あとはキーツの森、セルフィアの森が主要な瘴気の発生場所らしい。

その他、アルと行った森のような、小さな瘴気だまりがいくつか確認されているそうだ。

先日行った西の森はもともと魔物が比較的少ない森で、瘴気だまりの大きさも他と比べると小さいのだそうだ。初めての浄化であることに配慮して選ばれた派遣先だったらしい。

まずは、東へ向かいキーツの森の浄化を行い、北上して北の森、王都に戻る途中にあるセルフィアの森、あわせて各所に散らばる小さな瘴気だまりも浄化していくという予定になった。

15. その頃《ころ》の加々谷君

目が覚めてベッドから降りると、窓際のテーブルに、見たことのある派手なラベルの果実水が置いてあった。

先日レオナルドと街へ出たときに、とあるレストランで出されたものだ。俺が気に入ったと言ったからレオナルドが用意させたんだろう、毎度まめな男だ。

一度大きく欠伸《あくび》をして、テーブルの方へ行き、用意されたグラスに果実水を注ぐ。窓辺に寄りかかり、人気《ひとけ》のない庭園を見下ろした。俺がこのアーガイルに召喚されてから一年半以上が経った。

俺は昔から目立つのが大好きだ。外見と度胸には自信があったから、大学進学で東京に出てくると芸能の仕事につこうと思った。高校時代に株でそれなりに儲《もう》けていたので、下積みが長くなってもいいかと思っていたが、所属事務所はすぐに決まったし、初仕事もするっと決まった。

ちやほやされて気分が良いし、周りにはパーティー好きで派手なやつらも多く、集まって騒ぐのは楽しかった。テレビに出るような有名人というわけではなかったが、大学では人気者だった。

敵もそれなりに多かったけど、目立てば嫉妬《しっと》されるものだ。俺はいちいち気にしない。

ある日高校の友達の集まりで、久しぶりに地元に帰ったら、なんと異世界に飛ばされた。最高だ。

だって異世界召喚なんて、滅多に経験できない特別な出来事じゃないか。東京での生活も悪くなかったけど、こんなレアな状況、目一杯楽しむしかないだろう？

一緒にここに来た人は、良く言えば素朴な青年だ。顔もスタイルも悪くはないが地味。この人と俺なら、主人公ポジションは間違いなく俺だ。

伊藤さんには悪いが「神子」は俺が貰《もら》っちゃおう。人生は短い。つまらないことに時間を使ったり、他人に遠慮している暇はないのだ。

アーガイルでの生活はなかなか楽しい。魔法も使えるし、人々は皆俺を敬い親切にしてくれるし、何よりどこに行っても俺が目立つ。そしてこの世界は美形率がものすごく高いのだ。俺はもともと両方いけるタイプなので、男性比率が高いことは全く問題じゃない。

城に住んでいるので、調度品や衣服、食事に至るまで、身の回りのものは見事に豪華なものばかりだ。ただ、食事はやっぱり日本の方が美味《おい》しいんだよなぁ。

初めての浄化に行って帰ってきたら、伊藤さんがいなくなっていた。視察に行った後、事故で行方不明になったそうだ。亡くなっているんじゃないかと聞いた。

いやー、焦った。さすがの俺でも、一緒に来た人が死んだと聞けば驚くし気になる。経緯についてもなんか変だなと思った。

レオナルドの伝手《つて》で知り合った占い師に、伊藤さんの生死をすぐ確認した。占い師と言うと胡散臭《うさんくさ》いが、探し物や人探しを生業《なりわい》にしている者で、たぶんそういう種類の魔法を使える人なんだと思う。

彼によると、伊藤さんは生きてるらしい。

あーよかった、すっきりした。場所も探るかと訊かれたが、探らなくて良いと答えた。生きてるならどこかでなんとかやってるだろう。一応、伊藤さんが生きてることは、こっちの王族には言わないであげよう。俺は最低限の空気は読む男なのだ。

ふいにノックの音が聞こえた。

「どうぞ」

「カナメ！　おはよう。よかった、起きていたか」

輝くような笑顔でレオナルドが入ってくる。レオナルドは俺にぞっこんだ。ちょっと前から猫を被るのをやめているが、彼の態度は変わらない。なかなかお目にかかれないような美形だし、尽くされて悪い気はしない。

ただ、残念なことに三歳も年下なのだ。俺はできれば、年上の包容力ある彼氏に甘やかされたい。他にいい男がいないかと思ったが、宰相も騎士団長も、主要な役職の男達は皆かなりのおっさんなのだ。

「おはよう。この果実水ありがとう。やっぱり美味しかったよ」

「あぁ、喜んでくれたならよかった。今日は救護院へ行こう。カナメ待ちの患者がまた増えてきたようだ」

「こないだ行ったばっかりじゃん。結構話しかけられるからさー、治癒に時間かかるし疲れるんだよなー」

「まぁそう言わずに頼む。今晩はラ・リュールを貸し切りにしてあるんだ。治療が終わったら行こう。前に一度行ってみたいと言っていただろう？」

「あ、最近話題になってる全然予約が取れないレストランか?!　やった！　レオナルドありがとう！」

「それで、瘴気《しょうき》の浄化だが……」

「それはもうちょっと先かなぁ。もちろんやる気はあるよ。ただ、前回の旅程がタイトだっただろ？　あの後しばらく調子悪かったんだよなぁ。俺あんまり身体強くないからさ。しばらくは休憩させてほしいなぁ」

「そうか……。もちろんカナメの体調が第一だ。……でも前回の旅から二月《ふたつき》以上経つだろう？　そろそろ……」

「レオナルドならわかってくれると思ったよ！　ありがとう！」

笑顔で押し切ると、少し困った顔をしたものの、レオナルドはそれ以上浄化に行けとは言ってこない。

瘴気だまりは大抵深い森の中にある。つまり王都から遠い。馬車での長時間の移動はめちゃくちゃ疲れるのだ。尻《しり》が痛くなるし酔うし最悪だ。普通に魔物とか出てきて怖いし……。遠征中は食事もまずいし、宿もいまいち。

瘴気の浄化はかなり魔力を使うので、下手《へた》をすると浄化を何日かに分けて行うこともある。辺鄙《へんぴ》なところで何日か生活するのは、現代人の俺には辛い。

海外旅行は大好きなので、三回ほど同盟国に派遣してもらった。移動は辛かったが、王族扱いで歓待されて、珍しいものを食べて飲んで楽しかった。

もっと色々な国に行きたいと言ったのだが、まずは国内だと言われ、それ以来外国に行けていない。

国内なんて王都以外に楽しいとこないじゃないか。

「あと、この間の件なんだが……」

「うーん。一応心の準備があるからさ。返事はもうちょっと待って。心配しないで。俺、ちゃんとレオナルドのこと大事だと思ってるから」

不安げに俺を見つめるレオナルドに優しく言うと、あからさまにほっとしたような、嬉《うれ》しそうな顔になった。

実はこの間、レオナルドにプロポーズされたのだ。側妃は嫌だと言ったら、俺を正妃にする、俺が望むなら側妃はとらないと言ってきた。世継ぎはどうするんだと思うが、まぁそれは俺が考えることじゃない。

婚約するとしても、発表するのは瘴気の浄化が終わってからとのことなので、とりあえず保留にしている。

王子様と結婚して幸せに暮らしました、というのは俺の冒険のエンディングとしては悪くないかもしれない。ただその場合、死ぬまで城で暮らすことになりそうだ。

……それって楽しいかな？

16．北の森へ行く

キーツの森の浄化は特に問題なく、順調に終わった。

森の名前の由来である、この森原産のキーツという果物は、乾燥させてドライフルーツにして食べるのが一般的だ。

キーツの森の近くの地域は、ハムやソーセージ等肉を加工した食品が名産品らしいのだが、この塩気の強いソーセージと甘みの強いキーツが不思議なことにとんでもなく良く合うのだ。

森の近くの村に滞在したときは、ソーセージとキーツをつまみにエールを満喫してしまった。ドライキーツは他の街でもよく出回っているらしい。よかった、この町を出てからも楽しめそうだ。

ほとんど一日中一緒にいるので、同行してくれる皆とはだいぶ打ち解けた。ジルまで敬語をやめろと言ってきてちょっと困った。年上だし王族だしなと思ったものの、本人がそう言うんだからと従うことにした。

だいぶ前から、ジルだけ心の中で呼び捨てにしているくらいには親近感を感じていたのだ。ルイスさんだけは癖ですから、と口調が変わることはなかった。

俺達は今、北の森に向かっている。なんでも北の森は別名『黒い森』と呼ばれる国内最大の森で、もともと魔物の頻出地域であるらしい。ミリエルからは離れているので俺は知らなかったが、冒険者への討伐依頼の件数も、昔からダントツで多いようだ。

大量の魔物が押し寄せることも珍しくなく、防衛のために、森と近隣の町の区域との間に砦《とりで》を設けて、騎士達を常駐させているそうだ。

過去には魔物の襲撃で砦が壊滅寸前になったこともあるという、とても危険な場所らしい。

今回の移動はなかなかきつい。北の森までは整備されていない道が続くのだ。夜は今のところ途中の町の宿でゆっくりできているが、連日ほぼ丸一日、がたがた揺れる馬車の中で過ごすのはかなり疲れる。

でも、ぐったりして回復魔法を使いまくっていたのは俺だけだった。意外だったのはルイスさんがピンピンしていたことだ。俺よりほっそりしているし、一番体力がなさそうに見えるのに。

小さな町を抜けて、人気のない草むらをずっと走っていくと、目的地が見えてきた。王都と比べてだいぶ気温が低いように感じる。

空が曇っているせいもあるかもしれないが、なんだか寂しい所だ。

小高い丘の上にその砦はひっそりと建てられていた。砦自体は、石造りの要塞《ようさい》といっていいような立派な建物だ。ざっと見ただけでも何箇所も塀に修繕の跡があり、歴史を感じる。

建物の入り口では、砦の騎士達が並んで出迎えてくれた。案内された応接室で、代表者のオズウェルさんと副官の人から話を聞く。一応こっちの代表は騎士団長であるクロードさんだ。

オズウェルさんはここに派遣されて五年経《た》つそうだ。たぶん四十歳くらいだと思われるおじさんだ。

「長旅でお疲れでしょう。ここはこの通り辺鄙なところですから、大したおもてなしはできませんが」

「浄化のために来ただけだからな。俺達に構う必要はない」

「事前にご連絡はいただいておりますが、瘴気の浄化ができる方が同行されているというのは本当でしょうか」

「あぁ、彼が瘴気の浄化を行うアキラ・イトウ殿だ」

オズウェルさんがこちらを向いたので、俺は被っていたフードを取って軽く会釈した。

「その容姿……。もしやイトウ殿はアーガイルの神子でいらっしゃいますか？」

「いえ、アーガイルの神子ではありません。異世界人ではありますが」

オズウェルさんが困惑している。異世界人の召喚なんてする国は、アーガイル以外ないから当然だ。

ただ、俺はアーガイルの神子だとは名乗りたくないのだ。

ジルが会話を続ける。

「……まぁ色々と事情があって、彼はダイナスに協力してくれている。瘴気の詳しい発生場所や最近の状況など、話を聞かせてもらえるか」

北の森は東西に長く、砦は全部で三箇所設けられているらしい。もっともこんなに立派な建物なのは今いるこの砦だけで、あとの二つは瘴気が発生して以降、突貫工事で作った簡易的な駐在場所になっているようだ。

瘴気の発生場所は森の中に点在しており、大きなものだけで三箇所あるそうだ。

「ところで、騎士は出迎えに来ていた者で全《すべ》てか。事前に聞いているより少ないな」

「あぁ、実はちょうど二日前に魔物の襲撃があったばかりで、大きな怪我《けが》を負った騎士が数名医務室で休んでおります」

「砦には治癒魔法が使える魔術師が派遣されていると聞いていたが、治せないのか」

「確かに以前はおりましたが、生家の事情で辞職しまして……。後任の要請は出しておりますがまだ……。今は近くの町から医師に来てもらっています」

この世界では、治癒魔法はあるものの使える人がとても少ない。そのため、それなりに医術が研究されており、医師という職業の人達もいるし、病気に効く薬も売られている。

森に入るのは明日以降になるとのことだったので、昼食の後、砦の騎士に案内してもらい、ジルとともに医務室に連れて行ってもらった。

部屋に入ると強烈な消毒液の匂《にお》いがした。ベッドが十台ほど並べてあり、患者が使っているベッドは七台、人はいないが荷物が置かれているベッドが一台ある。残りの二台は、使われている様子はない。

「あっ、ジルさんだ。隣の人は……」

ジルは何度か北の砦の魔物討伐に参加したことがあるらしく、砦の騎士達の中には顔見知りも多いらしい。ジルと俺が来たことでざわついている騎士達に、早速治癒魔法をかけることにする。

最初は一番手前のベッドにいる、足を怪我している人だ。患部に手をかざして治癒魔法をかければ、あっという間に傷が消えた。

「あぁっ、ありがとうございます。痛みもすっかり無くなりました」

「良かったです。では次の方……」

気分は医者である。わかりやすく誰かの役に立てるのはすごく嬉しい。

骨折した人やら、咬《か》み傷やら切り傷やら色々だったが、とりあえず室内にいた人達の治療は終わった。

ジルは、治療が終わった騎士達と何やら話している。

荷物が置いてあるベッドが気になって、もし患者が戻ってくるなら少し待っていた方がいいかと思い、隣のベッドの人に声をかけた。

「あの、このベッドを使ってる方も怪我をしているんでしょうか。すぐ戻ってきますか」

「あぁ、そのベッドのやつは……」

ちょうどそのタイミングで、茶色の短髪で筋骨隆々とした男性が部屋に入ってきた。荷物を右肩に担いだ男性を見て、俺は思わず息を呑《の》んだ。左腕が肘《ひじ》上あたりから無かったからだ。

隣の人が声をかける。

「ケビン、神子様が来たんだよ！　見てみろよこれ！　俺達の怪我、一瞬で治ったんだ。お前の腕も見てもらえよ」

ケビンと呼ばれた男性はちらっとこちらを見て驚いた顔をしたが、すぐに顔を背けると言った。

「いいよ。俺のはお前らの怪我とは違うんだ。王都の治癒魔術師だって、欠損なんか治せない。いいんだ。利き腕は無事だから、田舎《いなか》に帰ればなんか仕事見つかるだろ」

彼は、二日前の魔物の襲撃で、毒を持った魔物に腕を噛《か》まれ、そのまま全身に毒が回るのを防ぐために、医師の指示で腕を切り落としたのだそうだ。

片腕だけでは騎士団の任務に支障があるので、荷物をまとめて田舎に戻るところだと言う。北の砦では魔物との戦いで大怪我を負い、騎士を辞めていく人もそれほど珍しくないそうだ。

こちらに背を向けて荷物をまとめているケビンさんは、辛そうに見えた。体格やたくさんの古い傷跡からして、何年も騎士をやってきたのではないだろうか。

だとすれば怪我で騎士を辞めるなんてきっととても悔しいだろう。まだ十分若いのに……。

「治せるかどうかはわかりませんが、俺に見せてもらえませんか」

堪《たま》らず声をかけると、彼は少し悩んで、躊躇《ためら》いながらもこちらに近づいてきてくれた。

ケビンさんの残っている左腕のその先をイメージしながら治癒をかける。上手《うま》くいくかな……。

左腕の切断面が一瞬光り、徐々に肌色部分が伸びていき、そのうちに指先に至るまで、見た目は完全に復元された。

ものすごく不思議な光景だった。神経とかどうなってるんだろう……。

「えっと、動かせますか。違和感とかないでしょうか」

しばらく左腕を凝視して固まっていたケビンさんは、恐る恐る手を開いたり閉じたりして叫んだ。

「戻った！　俺の腕が！　動かせる……感覚もある……。これでまだ戦える！」

ケビンさんは俺の方を向くと勢いよく頭を下げた。

「ありがとうございます。あなたのおかげで騎士を辞めないで済みます。この御恩は一生忘れません」

顔を上げて真《ま》っ直《す》ぐ俺を見るケビンさんは笑顔で、その目尻《めじり》には薄《うっす》ら涙が浮かんでいた。

よかった。嬉しくて笑っていると、いつの間にかジルが隣に来ていた。

「治癒で欠損まで治せるなんて聞いたことないぞ……。神子の魔法はとんでもないな……。ただこのことは他言しない方がいいだろうな」

そのとき、ケビンさんの隣のベッドの人が呟《つぶや》いた。

「すごいなぁ……。あと少し早く来てもらえてたらジゼル達もまだここにいたのかな……。……あっ、すみません！」

はっとしたように俺を見たその人に、笑って別に構わないと答えたが、その言葉がなんだか心に残った。

医務室を出てぼんやり歩いていると、前を歩いていたジルが振り返った。

「アキラ、ありがとうな。俺はこうやって協力してくれるお前に感謝してる。あの騎士もお前のおかげで騎士として生きることを諦《あきら》めずに済んだ」

深い青の瞳《ひとみ》が真っ直ぐこちらを見つめている。

「これからも頼むぞ神子殿！」

そう言って朗らかに笑った。

ジルはいつも絶妙なタイミングで言葉をかけてくれるのだ。

実はさっきの人の言葉に落ち込んでいた。俺は勝手に召喚されただけで、この世界に尽くす義理はない。神子であることを隠し逃げ回ってきたのも、ただ生き延びるためだ。

それでも、救えたかもしれない存在を突きつけられるとやっぱり落ち込む。瘴気《しょうき》の被害を受けて命を落とした人だって、俺が知らないだけできっと何人もいるのだろう。

瘴気の浄化を実際に行うようになってから、もっと早く神子として瘴気の浄化ができていたらとか、怪我人や病人の治療ができていたらとか、考えても仕方ないが考えてしまうときがある。

ジルは、俺が落ち込んでいると気づいていたのかどうかはわからない。でも、少なくともさっきの言葉で、俺の落ち込んだ気分は少し持ち直した。

過去のことにくよくよしても仕方ないし、俺一人にできることには限度がある。今できることをやっていくしかないのだ。

これからやることが色々あるんだから。前を歩くジルのやたらと大きな背中を見ながら、俺は気合いを入れ直した。


翌朝、けたたましい警報の音で飛び起きた。

慌てて部屋を飛び出すと、部屋の前の廊下でジルとはち合わせる。

「なんの音かな」

「おそらく魔物の襲撃を知らせる警報だ。とりあえず皆と合流しよう」

北の森の中には、特殊な魔道具が設置されており、魔物が設置場所を越えて砦の方へ向かうと警戒音が鳴るようになっているらしい。

途中、騎士達と合流しながら門の方へ急ぐ。物見台から確認した騎士の話では、森の方からかなり大量の魔物が押し寄せているとのことだった。

外に出ると、早朝の頭がキンとするような冷たい空気に包まれる。先に門を出た砦の騎士の一人が呟いた。

「こんなのどうやって……」

門の外に出て丘から下を見下ろすと、視線の先に、黒々とした夥《おびただ》しい数の魔物の集団が、森からこちらへ向かってくる様子が見えた。まだ少し距離があるが、見ただけで圧倒されるような大群だ。

俺はその光景から目が離せなかった。あまりに非日常的で、現実感がないくらいだ。前にジルと行った討伐のときなんて比じゃない。

……怖い。

自然と鼓動が速くなって、息が詰まるような感じがした。

恐怖で固まっていると、ジルが俺の目を覗《のぞ》き込むようにして言った。

「怖いか？　深呼吸しろ。動揺してると動きが悪くなるぞ。大丈夫だ、お前は凄腕《すごうで》魔術師だし、ちゃんと実戦経験だって積んでる」

「……うん」

「近づいてきた魔物は、一匹残らず仕留めてやるから任せとけ。俺達だってそれなりに強い。後方支援は頼む、できるよな？」

「うん」

「よし。顔を上げてもう一度あれを見てみろよ。ほら、もえてくるだろ？」

信じられないことに、ジルは目をぎらぎらさせながら、楽しそうに微笑《ほほえ》んでいた。恐怖や動揺なんて微塵《みじん》も感じさせない。

くそっ、かっこいいな。これがベテラン冒険者か。俺もあと何年か冒険者をやっていたら、こんな感じになれるだろうか？　……道のりは長そうだ。

「いやぁ、腕が鳴りますねぇ」

いつも通りの間延びした声音で、後ろにいるルイスさんが言う。イシスさんにいたっては、何も言わずもう前に歩き出している。騎士達はとっくに臨戦態勢だ。

皆の様子を見て、俺はガチガチに固まった体から力を抜くことができた。そして、よくわからない高揚感が湧《わ》いてきた。よし、やってやろうじゃないか。

この無駄に増え続けている魔力を使う機会がやっと来たんだ。

ジルと騎士達が魔物の群れに斬りかかり、次々と斬り伏せ、ルイスさんは氷魔法を広範囲に発動させている。

イシスさんは剣と魔法の両方を使い分けているようだ。後で聞いた話だと、遠距離からの攻撃は不得意らしく、接近戦専門らしい。

俺はどうしようか。とにかく魔物の数を減らしたい。

おっ、ちょうどいい魔法があるじゃないか。魔力が少なかった頃使えなかった電撃だ。アニメやゲームのおかげでイメージも持ちやすいし。どうせなら、隠れて冒険者をやってるときには使えなかった、派手な魔法を試してみたい。

——ドォーン——

俺は味方からなるべく離れた奥の方を狙《ねら》って、はりきって電撃を放った。

大きな雷鳴のような音が轟《とどろ》き、特大の雷みたいな光が落ちてきた。魔物はだいぶ吹っ飛んだけど……電撃を落とした先の地面が、結構広範囲にわたりクレーターみたいに抉《えぐ》れている。

……あ、やりすぎた。

少し離れたところにいるルイスさんの方を見ると、口を半開きにしたまま固まっている。

前衛部隊のメンバーは、きっと一瞬驚いただろうが、さすがプロ集団だ、もう目の前の魔物に集中している。

俺も気を取り直して、さっきより威力を弱めた電撃を、味方に被害が出ないように気をつけながら次々とうちまくった。

無我夢中で攻撃し続けて、気がついたら魔物との戦いは終わっていた。もちろん俺達の勝利だ。すごく長い時間に感じられたが、日差しの感じから、実際にはそれほど時間は経《た》っていないのかもしれない。

「イトウさん！　最初のあれ、なんですか?!」

ルイスさんが駆け寄ってきた。

「えっと、電撃です……」

「あれが電撃?!　……しかもあれ、最大出力じゃないですよね……本気出せば、山一つくらい吹き飛びそうですね……」

「はは……初めて使ったので威力が良くわからなくて……」

「しかも、あれだけ使って魔力切れになってないんですか……神子恐るべしですね……」

「あの雷、アキラの魔法か？　あんなの見たことないぞ。あれで魔物の数が激減したから、かなり助かった」

ジルや騎士達、イシスさんが戻ってきた。

「イトウさん、なんすかあれ？　俺びびって一瞬剣落としそうになりましたよ」

エリック君が興奮気味に言う。リロイ君も隣でぶんぶん頷《うなず》いている。

「本当に助かった。後方から攻撃してくれたイトウ殿とハージェス殿のおかげで、我々の被害も最小限で済んだ。やっぱり魔術師は心強いな」

クロードさんは満足げだ。

「ジルさんもやばかったっす。どうやったらあんなに一気に相手できるんですか？　軽く俺ら五人分くらいは倒してましたよね」

「伝説のS級冒険者の剣技を、間近で見られるなんて幸運です」

普段落ちついてるジェド君まで興奮気味だ。

「興奮する気持ちはよくわかるぞ。何度か稽古《けいこ》はつけてもらったが、あれはジルさんしか無理だ」

クロードさんが笑いながら言った。

「おかしいですねぇ……。私も魔塔の若き天才とか言われているはずなんですが、まわりがおかし過ぎてちっとも目立ちません」

ルイスさんが肩をすくめて呟いている。

ジルが近づいてきて、頭を掻《か》きながら言った。

「不安そうに見えたから心配してたんだが、要らない心配だったか」

「いや、あんな数の魔物を見たの初めてで、正直すごい怖かったんだ。皆がいてくれたから心強かったし、ジルが励ましてくれて助かったよ。ありがとう。……うわっ」

話していると、急に足の力が入らなくなった。崩れ落ちそうになったところをジルの逞《たくま》しい腕に支えられる。

「はは、一気に緊張が解けたんだろう。本当に良くやったな。まずは休憩だ」

ジルが優しく笑う。

足ががくがくして、ちょっとふらふらしながら砦《とりで》に戻った。もちろんそんなやつは俺だけだ。

……まぁ、アドレナリンの放出が終わればこんなもんだよ。急にメンタルも歴戦の冒険者仕様にはならないのだ。これでも前よりはだいぶ逞しくなったはず……。

午後は怪我《けが》をした騎士達の治療と、襲撃してきた魔物の後始末で終わってしまった。後始末の方はほとんど砦の騎士達がやってくれて助かった。魔物からとれる素材などは、後日冒険者ギルドへ運んで換金するそうだ。

オズウェルさんは、砦の貴重な収入になります、とすごく喜んでいた。

その日は、砦の騎士達とともに食事を楽しんだ。臨時収入が見込めるからと、奮発して簡単な宴《うたげ》の用意をしてくれたのだ。皆、朝の戦いの興奮が残っていてなかなか饒舌《じょうぜつ》だ。

「いやぁ、あそこまでの大群は私が赴任してから初めてで、正直どうなるかと思いましたが、皆さんがいてくださって命拾いしました」

オズウェルさんが赤い顔で酒を片手に笑う。オズウェルさんは家族が王都にいるらしく、本当は二年前に王都に戻れるはずだったのだが、瘴気《しょうき》の発生で北の森が荒れたために留任を余儀なくされたそうだ。

他にも家族と離れてここで働く騎士達は多いらしい。北の森の瘴気が浄化されて落ち着いたら、早く家族に会いに行きたいんだと言っていた。

呰の若い騎士達は、ここぞとばかりにジルとクロードさんに話しかけに行っている。

そう言えば、ジルがなんでS級になったのか知らないな。本人に訊《き》いてもいいが、さも何でもないことのようにさらっと話しそうなので、近くにいたジェド君に訊いてみることにした。

興奮気味に語ってくれたジェド君によると、三年ほど前にエレギルという最強とされる希少種の魔物が暴れる事件があり、各国が対応に困っていたらしい。

特徴からすると、たぶんドラゴンみたいなイメージでそんなに間違っていないと思う。普通の剣では到底傷つけられないような頑丈な外皮と、巨大な体躯《たいく》、鋭い爪を持ち、飛行する魔物だそうだ。

それをジルがほぼ一人で討伐し、S級になったという。

「とても有名な話ですよ。まさに生ける伝説なんです」

ジェド君が熱っぽく語ると、話を聞いていたルイスさんも会話に加わってきた。

「あの人は異常ですから。剣技もすごいのでしょうけど、あの剣の炎、私が見てもいったい何種類の効果が付されてるのかわからないんです。宮廷魔術師に匹敵するほど魔力が多いくせに、ろくに他の魔法を練習しないで、あればっかりやってるなぁと思っていたら、いつの間にかあんなことに……」

「ずっと昔からあのスタイルなんですか」

「少なくとも学院に入った十二歳頃にはあんな感じでしたね。その頃はただの炎だったはずなんですが。一度どうやってるのか訊いてみたんですが、感覚的なことばっかり言われてちっとも参考になりませんでした」

ジルはだいぶチートキャラのようだ。少年時代から炎の剣で戦うなんて、なんか少年漫画のヒーローみたいだ。


翌日とその次の日で、北の森の浄化を行った。危険地帯と言われているだけあって、今までより遭遇する魔物の数は多かったが、早朝の襲撃のときと比べれば、気持ちは全然楽だった。砦の騎士も何人か同行してくれたので、味方の数もいつもより多いのだ。

セルフィアの森の浄化も終わり、途中で小さな瘴気だまりを時々浄化しながら、王都へ向かう。ここからの道のりは、魔物もあまりおらず、人口が多く栄えている街が多い安全な地域なのだそうだ。

俺の仕事もだいたい終わったかなぁ。

今日は、馬車の中はジルと二人だ。

ルイスさんは突然、馬車の旅に飽きたと言い出し、無理やりイシスさんの馬に一緒に乗せてもらっていた。

イシスさんは最初とても面倒くさそうにしていたが、さっき休憩の際に見た感じだと、わりと良い雰囲気だった。

馬車の中でぼーっとしていると、ジルが遠慮がちに訊いてきた。

「アキラ、ミリエルに来るまでのことを訊いてもいいか」

ちょっと迷ったが、話すことにした。ジルにはあらかたの事情はすでに知られてしまっているのだ。

「ちょっと長くなるけど……」

アーガイルに召喚された日のこと、アーガイルでの生活、殺されそうになって逃げてきたこと、それからいくつかの都市を転々としてきたこと……。かなりたどたどしくなってしまったが、順番に話した。何しろこの話を誰かにするのは初めてだったのだ。

ジルは静かに聞いてくれ、聞き終わると額に手を当てて一度目を閉じた。

「……この世界が嫌いになっただろう？　頼んでおいてなんだが、よく協力してくれる気になったな」

「……世界なんて大きすぎて、好きも嫌いもないよ。悪い人はどこにでもいるし、裏切りだって程度は色々だけど元の世界にもあった。こっちにも親切な人はいたし。アレクシス陛下はまともそうに感じたし、どうせ逃げられないならできることをしようと思ったんだ」

「……アキラはそういう風に考えるんだな」

そう言うと、ジルは俺をじっと見て続けた。

「今まで大変だっただろう？　知らない世界で頼れる人もいなくて。ずっと頑張ってきたんだなぁ、お前はすごいよ」

さっきまで淡々と話せていたはずなのに、真っ直《ま》ぐ《す》こちらを見て伝えられた言葉に、急に胸が苦しくなり鼻の奥がツンとした。一気にせりあがってきた涙が滲《にじ》んで、慌てて窓の方を向く。

「……どうかなぁ。……逃げてただけかもしれないけど……よくしてくれた人もいたし……別に……いつも一人ってわけでもなかったし……」

窓に向かってごにょごにょと言ってみるが、声が震えていて恥ずかしい。

斜め向かいに座っていたジルが隣にやってきて、一度労《いたわ》るように軽く俺の頭に手を置いた後、俺の肩をしっかりと抱いた。誰かの温《ぬく》もりを感じるのはものすごく久しぶりで、ますます涙腺《るいせん》が緩む。

俯《うつむ》いて流れる涙を指で拭《ぬぐ》いながら、ほぼ無意識で続けてきた、警戒とか緊張が緩んでいくのを感じていた。このとき、俺はとてもほっとしていた。

たぶん、俺はずっと心細かったのだ。日本でのほほんと暮らしていたのに、突然知らない世界に連れてこられて、殺されそうになって。いつも正体がばれないよう気を張って、ほとんど誰《だれ》にも気を許さず、ひたすら目立たないように暮らす生活は、やっぱり孤独だった。本当はずっと、誰かに俺の話を聞いて欲しかった。押しつぶされそうな程の不安も全部吐き出して、誰かに甘えてしまいたかったんだ。


その後も元の世界での暮らしなど、色々と話した。

「家族は？」

「両親と弟が一人。家族仲は良かったよ」

「弟がいるのか、俺と同じだな。アキラに似てるか？」

「どうだろうな。顔はよく見れば似てるかも。性格はそんなに似てないかな。弟の方が活発で社交的だよ」

「アキラは落ちついてるからな。見た目は似てるのか、会ってみたいな」

「よく見ればだけどね。ぱっと見の印象はそんなに似てないいんじゃないかな。ジルとアレクシス陛下はあんまり似てないよな」

「まぁ、異母兄弟だしな。中身も似てないいんじゃないか。昔から欲しいものも、やりたいことも被ったことがないな」

「アレクシス陛下は武闘派っていうより頭脳派な感じだもんなぁ」

「俺は子どもの頃《ころ》から暇さえあれば剣を振るっていたが、アレクはずっと本を読んでいたからな。ふらっと街に行くのは二人とも好きだったから、交代で城を抜け出してたな。残った方がばれないように色々細工してたんだ。結果的に何もなかったから良かったが、今思えば全然褒められたことじゃないがな」

「へぇー。昔から兄弟仲良かったんだなぁ。王族同士ってもっと冷たい関係なのかと思ってた」

「仲が良かったのはアレクだけだ。妹もいたんだが、ほとんど話したこともないまま他国に嫁いで行ったよ。……アキラは元の世界に戻りたいか」

「戻れるならね。でも戻る方法はないいんだってさ。召喚された日にそう言われたんだ。なんとかこっちでやってくしかないよ……」

ジルとの静かな対話は、到着までゆっくりと続いた。

やっと今日泊まる予定の街に到着して、馬車を降りるとふらふらのルイスさんが泣きついてきた。

「イトウさーん。回復魔法お願いできますか？」

「いいですよ。乗馬、きつそうですもんね」

「そうなんです。久しぶりに馬に乗ったら、太ももやら腰やらひどいことになりましてね。私、行ったことのある場所への移動は、大体転移魔法に頼ってるんですが、筋力が落ちてるみたいです……。あんまり楽をし過ぎるのも考えものですね。馬車は快適でしたのに」

「でも馬車に飽きちゃったんですよね。気分転換になりましたか？」

「あぁ、あれは言い訳ですよ。せっかくの機会なので、ちょっとわがままを通しちゃおうと思いましてね。私、イシス狙《ねら》いなので。あっ、本人にまだ言ってないので秘密ですよ。ふふ……」

ルイスさんはそう言うと、突然色気たっぷりに微笑《ほほえ》んだ。……こういうのを妖艶《ようえん》って言うのかな。

普段のどこかとぼけたような、飄々《ひょうひょう》としたキャラクターとのギャップがすごい。

片眼鏡が印象的過ぎて忘れがちだが、ルイスさんは、中性的な美人という表現が相応《ふさわ》しい、それは美しい顔立ちなのだ。……この人はたぶんもてるし、本人もそれを自覚しているパターンだ。

ルイスさんはどうやら高位貴族のようで、普段から上品な雰囲気を纏《まと》っている。でも今は、残念ながら獲物に狙いを定める肉食獣にしか見えない。

俺は心の中で手を合わせ、イシスさんに幸あれ、と願ったのだった。

17. 王都に戻る

やっと、ダイナス国内の全《すべ》ての瘴気だまりの浄化を終え王都に戻ってきた。色々あったし、随分長い旅をした気でいたのだが、期間で言えば二ヶ月くらいしか経《た》っていないらしい。

まずは王宮へ向かい、アレクシス陛下に報告を行う。

「本当によくやってくれた。まさかこの短期間で瘴気《しょうき》の問題が片付くとは。これで、徐々に魔物の襲撃も減ってくるだろう。イトウ殿、心から貴殿に感謝する」

そう言うとアレクシス陛下は立ち上がり、俺の方を向いて深々と頭を下げた。ジルや他の皆もそれに倣う。この世界に来てからそんな扱いは初めてで、どう振る舞っていいかわからない。

「……お役に立ててよかったです」

褒賞は何がいいか訊かれ、とりあえず金が欲しいと答えた。

……だって先立つものは必要だからな。

それ以外にも望むものはないか訊かれたが、すぐには思いつかない。後で思いついたら言う、としか答えられなかった。

「しかし、ダイナス国内の瘴気の浄化が終わったことが、他国に知られるのは時間の問題でしょうね。特に北の森に隣接しているレノスは、きっと森の変化に気づくでしょう。そうなるとこちらに何か言ってくるかもしれません」

サーシェスさんが思案げな顔をしている。

そうなのだ。とりあえずダイナスの瘴気を浄化することにしたものの、その後のことはそんなに考えられていなかった。面倒なことになれば、最悪また顔を変えて逃げるつもりでいるが、できれば安定した生活を送りたい。

俺の希望で、俺が瘴気の浄化をすることはダイナス国内でも公にはされていないが、突然瘴気が消えれば何か噂《うわさ》は立つだろう。

「他国がイトウ殿のことを聞きつけて、派遣を求めてきた場合にはどうするべきだろうか。イトウ殿としてはどう考える？」

「そうですね……。とりあえず、どこかからそういう申し出があれば知らせていただけますか。そのときに考えたいと思います」

ダイナス国内の浄化を終えて、きれいさっぱり解放されたい気持ちもなくはないが、全て知らないふりをするのは後々後悔するかもしれない。

「イトウ殿は冒険者に戻るのか？　兄上を介せば連絡がつくだろうか」

……えっとどうなんだろう？　一緒に浄化に向かったメンバーは、ジルを除いて城勤めだ。

正直、俺の事情を知るジルが近くにいてくれた方が助かるけど……前みたいに同じ街にいて、たまに食事したり討伐に行ったりっていう生活はできないだろうか。

気を許せる人のいるここ最近の生活が快適すぎて、また一人の生活に戻るのがきついなぁと思い始めている。

でもジルはどうだろう。困ってジルを見てしまった。

「アキラはどうしたい？」

「俺は……でもジルは？　行かなきゃいけないところとかないのか？」

「基本はフリーの冒険者だからな、なんとでもなる。俺はお前が嫌でなければ、まだお前と一緒にいたいな」

ちょっとくすぐったくなるような発言をさらっとしてくれたので、お言葉に甘えることにした。

「えっと……じゃあよろしくお願いします……」

「ふふ……。では、何かあれば兄上を通じて連絡しよう」

……アレクシス陛下の顔が心なしか緩んだように見えた。

謁見《えっけん》が終わると、浄化に行ったメンバー達と少し話した。皆とはここでいったんお別れだ。少し寂しい。

「イトウ殿には世話になったな。まぁ、また会う機会もあるだろう。またいつでもジルさんと騎士団に顔を出してくれ。大歓迎だ」

クロードさんがそう言うと、エリック君がへらへら笑いながら手を振ってくる。

「魔塔にも遊びに来てくださいね。一般には流通していない、特別な魔道具がたくさんありますから、きっと楽しんでいただけると思いますよ。あと、団長がイトウさんに会いたいってうるさく言い続けてるみたいですから、お暇なときにでもぜひ」

ルイスさんとイシスさんにも挨拶《あいさつ》すると、俺はジルと城を出た。

「これからどうする？　すぐミリエルに戻るか？」

「うーん……」

いやぁ、悩ましい。俺はもうミリエルがホームだと思っているので帰りたいが、気にかかるのはアルのことだ。

浄化の旅の間も何度かアルのことを考えることはあったが、日々目まぐるしく過ごし、新たな仲間もできてちゃんと立ち直ることができたと思う。

今、俺はアルのことを恨んではいない。ちょっと、いや、だいぶ？　危なかったけど、今のところ俺はひどい扱いは受けていない。

サーシェスさんからアルの家が持ち直したと聞いて、心から良かったと思っているし、できればこの世界でできた数少ない友人を失いたくないと思っている。

もっとも、恋人になるとかそういうのはちょっと無理だけど。

問題は……そう、この気恥ずかしさだよ……！　一度はそういう雰囲気になって、ちゃっかり俺も告白されたら付き合ってみようかな、なんて考えていたのだ。今思えば流されていた感じも否めないけどな！

ミリエルに戻ったら、カーラあたりに問い詰められそうだし……っていうか、アルが今ミリエルにいるのかどうかも知らないんだけど……。とにかく、もうちょっと時間が欲しいのだ。

「……まだ王都に滞在したいかな」

「そうか、わかった。じゃあしばらくは王都に滞在するか。こっちにも冒険者ギルドはあるぞ」

それから数日は、ジルとともに王都で過ごした。ちなみに外出するときはキラの容貌《ようぼう》なので注目されることはない。昼間は街に出てちょっとした買い物をしたり、ぶらぶらして過ごした。

王都の冒険者ギルドで依頼を受けることも考えたが、アレクシス陛下から一生かかっても使い切れないほどの報酬を貰ったし、二ヶ月間旅続きだったのでいったん休憩だ。

王都で連れて行ってもらったジルのおすすめの店は、どれも美味《おい》しかった。ただ、ジルも新しい店はほとんど知らないそうだ。新規開拓だ、といって俺のフィーリングでいくつかの店に入ったが、残念ながら外れが多かった。

良かったことは、なんと王都にはコーヒーの専門店があったのだ！

この世界では紅茶はとても種類豊富で、アーガイルの城でもキールが色々なものを出してくれていた。コーヒーも出回ってはいるのだが、例えばギルドの食堂で提供されているような一般的なものはすごく薄い。

日本で、美味しいコーヒーを糧に残業シーズンを乗り切ってきた俺としては、とても物足りないのだ。

というわけで、王都の大通りの一角にある店で、俺の思う本格的なコーヒーを久しぶりに飲んだときの感動といったら……！　一気にテンションが上がってしまい、思わず大きな声が出てジルに子どもみたいだと笑われた。

18. 初めての武器と告白

おぉー。

ジルに連れてきてもらった武器の店に入った俺は、入ってすぐに思わず立ち止まった。

店内にはずらっと様々な武器が並んでいて、見慣れた形の剣もあれば、俺にはどうやって使うかわからないクセのある形態のものもある。

元の世界ではまず見ることのない、ファンタジー感溢《あふ》れる光景にテンションが上がった。

今更、初めての武器屋にやって来たのは、ジルに咄嗟《とっさ》のときのために護身用の武器の一つくらい持っておいた方がいいんじゃないか、と言われたからだ。

実は、冒険者をしていながら、俺は武器を一つも持っていない。

戦闘は魔法頼みだし、獲物の解体は全て業者にお任せだったので、武器がなくてもなんとかなったのだ。解体してから素材を持ち込んだ方が金になるが、どうしても自分でやる気にはなれなかった。

「護身用だし、小型のもので十分だろう。軽くて頑丈なものが良いな。これなんかどうだ？」

ジルが小型のダガーナイフを渡してくれる。

「うん、これ軽いしいいな。これにするよ」

武器の良し悪しなんて俺にはわからない。ここは専門家の判断にお任せだ。

「それにしても、すごく色んな種類があるんだな。冒険者達はこういうところで装備を揃えるのかー。

あれとかめっちゃ派手だな」

店内に展示された武器を見回していると、ふと見た先にあった大剣が目についた。鞘《さや》にも柄《つか》にもとんでもなく凝った装飾がなされていて、その上だめ押しとばかりに柄頭《つかがしら》に大きな宝石が埋め込まれている。もちろん値段もダントツで高い。

「あぁ、あれか。貴族は豪華な品を好むからな。ただあの剣はたぶん良い品だぞ。剣身の素材も良質なものが使われている。見掛け倒しじゃなくて実戦で使える剣だ。……俺ならあの装飾は遠慮したいけどな」

最後の一言だけ他の人に聞こえないくらいの小声だ。

「ジルの剣はどこで買ったの？」

「あぁ、これは昔父から貰《もら》ったものだ。どういう由来のものかは知らないが、たぶん良いものだろう。見た目も気に入ってるし、大きさも手に馴染《なじ》むからな、長年の相棒だよ」

父からって……時の王様から貰ったってこと？　そうだったよ、この人王族なんだった。そりゃあ良いものだろうよ……。

武器屋を出て、宿泊している宿に向かって歩く。

「そう言えば、ルイスさんからかなり昔から今の戦闘スタイルだって聞いたけど、なんであのスタイルなんだ？」

「だってかっこいいだろ？」

……おぉ、すごいシンプルな理由だった……。

「子どもの頃《ころ》に読んだ本に、炎の剣士が出てきてな。実話だったか架空の物語だったか覚えてないが、その剣士がめちゃくちゃかっこよかったんだ。それで俺もこれにしようと思ってな」

ジルが少年のような笑顔で笑った。

「ルイスさんがあの炎は色んな効果が付されてるって言ってたけど、それも本のアイデアなのか？」

「それは俺のオリジナルだな。ただの炎を剣に纏わせても実戦でそんなに使えないだろ。だから、例えば魔物討伐のときは、一気に炎の温度を上げて剣が入らない外皮を柔らかくできないかとか、色々試してたら今の感じになった。どうやってるのかよく訊《き》かれるんだが、俺にもよくわからないから説明できないんだ」

俺が魔法を使うときと同じ仕組みなのかな。おかしいなぁ、ジルに異世界人チートがついてる……。

夜、ジルが酒を持って部屋にやってきた。

「向かいの酒屋でいいのが売ってたから買ってきたんだ。飲みながら少し話さないか」

俺は頷《うなず》いてジルを招き入れる。酒はそこまで強くないがそれなりに好きだ。しかも、今のところ、宿でも食べ物でもジルのおすすめに外れはないのだ。

窓際に置かれたソファーに腰掛け、酒を飲みながらたわいもない会話を楽しんでいると、ふとジルが真面目《まじめ》な顔で訊いてきた。

「なぁ、アキラはこれからどうするんだ？　ずっと王都にいるつもりはないんだろう？」

「そうだな。家もミリエルにあるし、あの街が気に入ってるから、できればあそこで暮らしていきたいな」

短い沈黙の後、ジルが躊躇《ためら》いがちに訊いてきた。

「今ミリエルに戻らないのは、アルのことがあるからか？　……アキラはやっぱりアルフォンスのことを引き摺《ず》ってるのか」

おっと、めっちゃストレートに訊いてきたな。やっぱり、そこ気になるよね。

「……はは……。たしかに、今ミリエルに戻らないのは、アルと会う心の準備ができてないからだよ。城に連れて行かれたことは別に恨んでないからさ、会いたくないわけじゃないけど……ちょっと気まずいんだよ」

「あいつと前みたいな関係に戻りたいと思ってるか？　友人という意味じゃなくて……つまり……」

珍しくジルの歯切れが悪い。

「付き合うとかそういうこと？」

「……あぁ」

「さすがにそれはないかなぁ。せっかく仲良くなれたから、これからも友達でいられたらいいなとは思ってるけど」

「あいつのことが好きだったんじゃないのか？」

「……よくわからないんだ。元の世界だと、同性愛はなくはないけど一般的じゃなかったからな。同性をそういう風に見たことなかったし。アルのことは好きだったけど、友人としての好意の延長だった気がするし……」

　そうなんだよなぁ。恥ずかしいことに、あのときはすっかりその気だったけど、恋愛だったと言い切る自信がないのだ。

　ジルは視線を落とし、少し考え込むような素振りを見せてから顔を上げた。

「俺はそういう対象にならないか？」

「え？」

「俺はお前の強さと優しさに惹《ひ》かれてるし、お前といるのはとても居心地《いごこち》がいい。俺の恋人になってくれないか」

　予想外のものすごくストレートな告白だ。えっ、今ジルに告白された?!　動揺と、なぜか緊張で顔が熱い。

「……えっと、ジルのことは好きだし信頼してるけど、自分の気持ちをもうちょっと慎重に考えたいというか……。その……もうちょっと待ってほしい」

「そうか。すぐ断られなかっただけでも嬉《うれ》しい。ぜひ前向きに考えてくれ。答えが出るまでいつまでも待つ」

　微笑《ほほえ》みながらそう言うと、ジルは立ち上がった。

「さて、だいぶ遅くなってきたから、俺はそろそろ部屋に戻ることにする。じゃあな、おやすみ」

「うん、おやすみ」

　部屋を出ていくジルを、どこか浮ついた気持ちで見送った。

ジルと付き合う？　そんなことは考えたことがなかった。ジルは頼れる先輩みたいな存在で……。

でも本当にそれだけ？　だめだ、衝撃が大きすぎてなんか変なテンションになってきた。今日はとりあえず寝よう。明日になれば少しは冷静に考えられるはず。っていうか、明日から俺はジルにどう接すればいいんだ！

翌日顔を合わせたジルはあまりにいつも通りで、一瞬昨日《きのう》の告白は夢だったのかと思うくらいだった。おかげで全然気まずくはない。

……あれこれ考えて緊張してたのは俺だけか……。

19. レノス公国に行こう

　特に事件もなく過ごしながら、いつミリエルに戻るか考えていたら、城から連絡があった。予想通り、レノス公国から神子の派遣要請があったそうだ。

「もちろん、イトウ殿が望まないなら断ってくれてかまわない。しかし、レノスに限って言えばイトウ殿にとっても悪い話ではないと思っているのだ」

「どういうことですか？」

「レノスは建国の経緯から公国となっていますが、レノーヴァ教を国教とした宗教国家で、教皇が国王を兼ねています。レノーヴァ教はご存知ですよね？」

　サーシェスさんが話し始める。名前だけはキールの講義に出てきた気がするのだ。名前以外の情報が全く出てこないけど。

「……えっとなんとなくは……」

「アキラもレノーヴァの教会を見たことがあるはずだ。女神を象《かたど》ったマークが掲げられた教会があっただろう？　ミリエルにもあったし、王都にもあるぞ」

「確かに見たことある」

　某有名コーヒーショップのロゴに似てるなーと思ってたんだ。

「レノーヴァ教は大陸最大の宗教にもかかわらず、教徒達の結束が強いことでも有名なのです。レノスの教皇はレノーヴァ教のトップですから、レノスに楯突《たてつ》けば大陸中のレノーヴァ教徒を敵に回すことになります。ですから、暗黙のルールとして、どの国もレノスには手を出しません。イトウ様がレノスで浄化を行えば……」

「強力な後ろ盾が得られるかもしれないってことですか」

サーシェスさんが頷いた。

「イトウ殿の魔法の腕なら独力で逃げ切ることもできるかもしれないが、国家レベルの権力に目をつけられるとやっかいだろう？　もちろんダイナスは貴殿の力になるが、レノスとの繋《つな》がりを作ることができれば強力な味方になる」

「現教皇は信頼に足る人物ですし、要職に置かれている神官達はレノーヴァの厳しい戒律に服していますから、イトウ様を利用しようとする心配もないかと思います」

「なるほど……」

……あれ、もしかして俺、最初からレノスに逃げ込めばよかったのかなぁ？　あ、でも単身で急に保護してくれって言ったって取り次いでもらえないか。

結局、迷ったものの、その話を引き受けることにした。後ろ盾どうこうは別にしても、ここまできたら求められる限りやってしまおう、という気分だったのだ。

アーガイル側については、きっと加々谷君が頑張ってくれているんだろうし。

それに、たぶんレノスに行かなかったとしても、遅かれ早かれ俺の存在はアーガイルの知るところになるだろう。だったらとりあえず味方を増やすのは良いことのように思えた。

レノスは常時中立の立場をとっているので、ダイナスの同盟国というわけではないらしい。ただ、隣国なだけあって、ちょうど二年前にも向こうの王子の一人が留学に来るなど、それなりに交流の深い国ではあるようだ。

俺の訪問を大々的なものにしないでほしいと伝え、こちらも最低限の人数で訪問することになった。レノスに守ってもらうならいっそ大々的に表に出た方が良いような気もしたが、単純に俺は目立ちたくないのだ。どうせ教皇をはじめ、要職の人達とは会うので問題はないはずだ。

レノスを訪問するのは俺と、俺の付き添いとしてジル、護衛騎士二名になった。クロードさんの采《さい》配《はい》で、エリック君とジェド君が同行することになったと聞いた。

エリック君はあんなに軽い調子なのに、不思議とクロードさんの信頼を得ているらしい。

「お待ちしておりました、ジルヴィアス殿下、神子様。この度護衛を務めます、私、エリック・クライブと、ジェド・キルゲイルで……え？」

馬車の前でビシッと敬礼をして、初めて見るような真面目な顔で挨拶《あいさつ》を始めたエリック君だったが、目の前のジルの顔を凝視して固まった。

「……ジルヴィアス殿下ってジルさんっすか？　ジルさんって王族なんすか？　S級冒険者なのに？……なんすかそれ、ずるい……」

「おい！」

あっという間に口調が崩れたうえに、とても素直な感想をこぼしてジェド君に怒られている。

「いやぁ、よかったっす。王族の護衛とかずっと気が抜けなくてやばいなぁと思ってたんですけど、ジルさんが相手だったら不敬罪の心配もないし、俺らより遥《はる》かに強いっすもんね。安心だなぁ」

すぐにそんなことを言って、苦い表情のジェド君の隣で陽気に笑ったエリック君は、きっとかなりの大物にちがいない。

レノスへ向かう馬車の中でジルの顔を盗み見ながら、先日の告白について考えていた。

ジルならもっとキザなこと言いそうなのに、ものすごい直球だったなぁ……。

いやー、ほんとにいい男なんだよな……。見た目はもちろん改良の余地がないほど完璧《かんぺき》だし、これまでのつきあいで信頼できる人だってことはわかってる。

絶対もてると思うんだけど、なんで俺なんだろう……。

ぼーっと見ていると、ふいにジルと目が合った。

「ん？　どうした？」

「いや、なんでもないです……」

……なんでこんなに緊張してるんだか……。


レノスの城に着いたのは夕方だった。聖職者が統治する国だからか、目の前の白亜の城は立派ではあるが、華美ではない。

謁見《えっけん》室で俺達を迎えてくれた教皇は、とても穏やかで静かな空気を纏《まと》った人だった。この人の方が俺なんかより、よほど神の使いという感じだ。

「神子様、ジルヴィアス殿下、この度は我々の求めに応じてお越しいただき、誠にありがとうございます。ジルヴィアス殿下、あなたが騎士団長をなさっていた頃《ころ》にお会いして以来ですね」

「猊下《げいか》、大変ご無沙汰《ぶさた》しております」

「どうされているのか気になっていましたが、お元気そうで何よりです」

教皇の琥珀色《こはくいろ》の瞳《ひとみ》がこちらを向いた。

「神子様、初めまして。教皇のイグナシア・レノスと申します。あなたのような方にお会いできて嬉しいです。レノーヴァ神の神託どおり、神秘的なお姿ですね」

「はは……。初めまして、アキラ・イトウです」

「慣れない世界で苦労をされてきたことでしょう。勝手に心配しておりましたが、あなたのお顔を拝見して少し安心しました。こちらで安心できる場所は見つかりましたか」

「……え？　……はい……たぶん」

「それはなによりです。レノーヴァ神に誓って、ここにはあなたに危害を加える者はおりません。どうか肩の力を抜いてお過ごしください」

教皇の眼差《まなざ》しはどこまでも優しかった。

ここへやってくるまでのことなんて、もちろん教皇には話していない。だけど、まるで全《すべ》て知っているかのような話しぶりだった。そんなに警戒心を丸出しにしてただろうか。

思わず教皇をじっと見ると、彼はこちらを見返して微笑《ほほえ》んだ。

「晩餐《ばんさん》会も予定しておりますので、よろしければ気軽にご参加くださいね。城に住まう王族だけのささやかな席ですが。後ほど色々とお話しましょう」

そう、教皇はたしかにささやかな席、と言った。

……えっと、これのどこが？

案内された広いホールには、ずらりと人が並んでいて、しかもまさかの立食パーティー形式だった。

これ皆王族？　どんだけいるんだよ……。子どももやたらといるんだけど……。「ザ・聖職者」だったはずの教皇のイメージが変わってきちゃったなぁ……。

謁見室で対面した教皇はどう見ても二十代後半にしか見えない美しさだったのだが、ジルによると五十歳は余裕で超えているそうだ。

ジルがまだ少年だった頃から彼の見た目は変わっていないらしい。……神秘的だ。

そして衝撃的だったのは、なんと妃が三十人もいるそうだ。この場にも全員参加しているわけではないらしい。妃といっても、この世界では性別も様々だ。見た感じだと男女半々くらいだろうか。

会が始まってしばらくすると、フロアの隅のソファー席では妃同士らしき人達が歓談している様子も見られた。

「食事はお口に合いますか」

穏やかな調子で教皇が尋ねてきた。俺とジルはこの会が始まってから、他の王族に簡単な挨拶はしたものの、専ら教皇と話している。

「どれも美味《おい》しいです」

「気に入ったものがあればまた用意させますので、教えてくださいね」

「あの……随分お妃様が多いのですね」

「驚かれましたか。レノスの王は、多くの妃を迎えるのが昔からの慣習でしてね、これでも歴代の教皇と比べると決して多い方ではありません」

教皇は優雅な手つきでティーカップを口に運びながら答えてくれた。

「明日から、瘴気《しょうき》の発生場所に順番にお連れします。私は同行できませんが、王子の一人に案内を任せています。神官長も同行しますから、何かあれば遠慮なくおっしゃってくださいね」

そう言うと、夜の祈りに行かなければならないと言って、彼はホールを後にした。なんでも、役職上、朝、昼、夜と決まった時間に祈りを捧《ささ》げる必要があるのだそうだ。

教皇がいなくなると、妃の一人が俺達に近づいてきた。

「初めまして、神子様。私、第二十王妃のエリザベスと申します」

ミルクティーみたいな柔らかい茶色の髪に、透き通るような白い肌の、大人の女性という感じの美女だ。

彼女の瞳の色と同じ、薄い紫の落ち着いたデザインのドレスを身に纏《まと》っている。

「初めまして。アキラ・イトウです」

彼女は俺を見て少し微笑むと、ジルの方へ向き直った。

「ジル様もお久しぶりですわ。立派になられましたね」

そう言ってジルを真《ま》っ直《す》ぐ見つめた。先ほど俺に向けたのとはだいぶ異なる、柔らかい笑みを浮かべている。

……んん？

「エリザベス殿も元気そうでなによりだ」

いつもと変わらない調子でジルが応《こた》えた。

「あれからどうなさっていましたの？　ぜひ色々とお話をお聞きしたいわ。座ってお話しませんか？

神子様もぜひ」

そう言って、先ほどまで俺達と教皇が使っていたソファー席を示す。

「せっかくだが、明日は浄化に向かう予定もあるし、俺達はそろそろ部屋に戻らせていただく」

「そうですか、残念ですわ。しばらくは滞在なさるでしょう？　またぜひお話しましょうね」

エリザベス妃は、華やかな笑顔で礼をしてゆっくりと去っていった。

「俺達はそろそろ部屋に戻ろう。エリックやジェドも飽き飽きしてる頃だろう」

護衛騎士は晩餐会には参加できないようで、エリック君とジェド君はホールの入り口で待機させられているのだ。

俺達がゲストなのに、勝手に戻っていいのかと不安になったが、問題ないそうだ。こちらでは客人が滞在する際、その期間中毎日、こんな感じのカジュアルな晩餐会が開かれることが多いらしい。

ホストもゲストもそれぞれのタイミングで場を離れるし、別に毎日参加しなくても良いそうだ。

「エリザベス様とジルは知り合いなのか」

部屋に戻る途中、気になったので訊《き》いてみた。俺とジルは隣同士の部屋を与えられている。

「あぁ。彼女はもともとダイナスの公爵家の娘で、俺の元婚約者だ」

……元婚約者？　たしかに元王子だったらそういう人がいたはずだよな。

「俺が第一王子だった頃の話だから、もう十年以上前の話だぞ。彼女は俺との婚約を解消してすぐレノスに嫁いだから、それ以降は会っていない」

「……そうなんだ。綺麗《きれい》な人だったな」

ジルが少し困ったような顔をしている。

……別になんでもないって。……ただ少し、ほんのすこーし気になっただけなのだ。

翌日、用意された馬車の方へ案内してもらうと、明るいオレンジの髪の少年が立っていた。たぶんアーガイルの赤髪皇太子より年下だと思う。

「はじめまして、ジルヴィアス殿下、神子様。第四王子のナジカ・レノスと申します。私が瘴気の発生場所へご案内いたします」

この世界では珍しく、華奢《きゃしゃ》な少年だ。精一杯堂々と振る舞おうとしているが、すごく緊張しているのが丸わかりだ。一生懸命な様子がなんだかかわいくて、つい応援してあげたい気持ちになった。

「神官長のヤイルと申します。私も同行させていただきます。どうぞよろしくお願いいたします」

ヤイルさんは初老の男性だ。この世界の人らしく身長はかなり高いが、細身なのでひょろりとした印象だ。

行きの馬車の中で話した感じだと、ナジカ殿下は素直でさっぱりした性格の少年だった。

なんでも、第一王子である王太子は遠征中で不在であり、第二王子、第三王子は他国に留学中なのだそうだ。

「一人での公務が初めてなので緊張していたのですが、ジルヴィアス殿下もアキラ殿も話しやすい方でよかったです」

最初は緊張でガチガチだったが、だいぶ慣れてきたのか、自然な表情で話してくれるようになった。表情豊かで明るい少年だ。

こっちに来てから名字で呼ばれることが多かったので、ジル以外から名前で呼ばれるのは新鮮だ。

「神子の存在は事情があって公にしていなかったんだが、そちらはいつ気づいたんだろうか」

ジルがヤイルさんに問いかけた。

「数週間前、ダイナスとの国境近くの南の森で、見たこともないような大きく鮮烈な落雷があったという報告がありましてね。それからしばらくして森が急に静かになってきまして。調べれば、ダイナス側の森の瘴気だまりがいつの間にか消えたというではありませんか。これはきっと何かが起きていると」

「父上がレノーヴァ神に祈り、異界の神子がダイナスに立ったと神託を受けたのです」

ナジカ殿下が興奮気味に話す。

……見たこともないような大きく鮮烈な落雷って……もしかして俺がやりすぎた電撃かな……。同じことを考えていたのかジルがこっちを見てきたので、小さく苦笑しておいた。

ちなみにヤイルさんの言う南の森は、ダイナスの北の森とひと続きの場所だ。レノスはダイナスの北側に位置しているので、呼び方が異なっている。

レノーヴァの神託は自然と降りてくるものではなく、特定の事柄について神に問いかけて答えを貰う方式らしい。

同じ人がそう何度も受けとることのできるものではなく、また神託を受けることができるのは教皇のみであるため、滅多に行われないそうだ。

この世界の神様に俺の存在が認識されていたことに驚いた。

「我が国も連日、瘴気の対応に追われていましてね。要請に応じていただけて大変助かりました。瘴気だまりまでは同行する神官兵が確実にお守りいたしますので、ご安心ください」

同行してくれるのは噂《うわさ》の神官兵部隊なのだ。レノスの城で身の回りの世話をしてくれている人達も神官らしいのだが、神官兵達は城の神官と比べひとまわり体が大きい。

体格は騎士達や冒険者達と同様に立派なのだが、醸し出す雰囲気が全く異なっている。

多くの騎士や冒険者達のように好戦的というか、ぎらぎらした雰囲気はまるでない。真っ黒の制服も相まって、修行僧のような厳かな雰囲気だ。

どこの世界でも聖職者って似た雰囲気になるんだなぁ。確かな信仰心を持って精神を鍛えていくと、行き着く所は同じということだろうか。

アーガイルのあの世俗的な神官達は、きっと鍛錬が足りないにちがいない。

瘴気だまりの浄化は拍子抜けするほどあっさり終わった。聞いたところによると、今日の浄化に備えて、前日に大規模な魔物の討伐を実施してくれていたらしい。

おかげで小型の魔物が数体出てきたくらいで済んだし、その魔物達も、しっかりと統率のとれた神官兵達があっという間に倒してしまった。

ナジカ殿下は直接魔物を見るのが初めてだったらしく、それでもかなり怖がっていたが。

浄化のスケジュールはゆったりと組まれている。俺の魔力に配慮して、一日一箇所しか行わないからだ。

正直、一日四箇所でも五箇所でも余裕だと思うのだが、念のため、魔力量が尋常じゃなく多いことは伏せておくことにした。人目のある所では、浄化以外の魔法も極力使わないようにしている。

浄化がゆっくりとしか進められないため、レノスでの滞在期間は長くなった。毎晩行われる晩餐会にはなんとなく出席しないと悪い気がして、今のところ皆勤賞だ。

浄化で仲良くなったナジカ殿下は、同年代があまりいないせいか、晩餐会の間も俺にべったりだ。ただ、他の王族からは、親切にはしてもらってるものの、ちょっと遠巻きにされている感じもある。

俺もなんとか公務員時代のお仕事モードで、それなりには話を繋いでいるが、なかなか打ち解けた感じにはならないんだよなぁ……。

一方ジルはといえば、年頃の王子・王女達からは憧《あこが》れの眼差《まなざ》しと黄色い歓声を向けられ、そうかと思えば王妃達ともちゃっかり交流しているようで、そうして得た面白い情報を後で俺に教えてくれたりした。

晩餐会の間はほとんど俺の近くにいるのに、いつ話してるんだろう。羨《うらや》ましい。あの社交性はまじで羨ましい……。

そしてこの晩餐会でやたらと絡んでくるのが、エリザベス妃なのだ。

「ふふ……。あのときのジル様の驚きようときたら……神子様にも見せて差し上げたいくらいですわ」

「もうそのあたりでやめておいてくれ……」

今日もエリザベス妃はジルの隣に座り、楽しそうに昔の話をしている。最初はそれなりに改まった言葉遣いをしていたジルも、だんだん口調がくだけてきた。

彼女の口から聞くジルヴィアス王子の話は、冒険者ジルしか知らない俺にとっては新鮮で面白かった。

エリザベス妃がジルの婚約者に決まったのは、彼女が六歳のときだったそうだ。いつまで婚約していたのかはしらないが、そりゃあ思い出話がたくさんあるだろう。

俺とジルは出会ってからそんなに経《た》っていない。それに王族やら貴族達の世界がどんなものなのかなんて、全く知らない。

楽しそうなエリザベス妃の声を聞きながら、俺は黙々ととってきた料理達を口に運んでいた。

20. アルコールには要注意

ある日の晩餐会《ばんさん》でナジカ殿下と話し込んでいると、いつのまにか近くにいたはずのジルがいなくなっている。

外国訪問で心細く感じているのか、なんとなくジルが近くにいなくなると落ち着かない。

それにしても飲みすぎた……。ナジカ殿下が色々勧めてくれて、ついつい酒が進んでしまったのだ。

ナジカ殿下は日本の感覚では未成年だが、こちらでは特に酒を飲んではいけないという決まりはないらしい。まだ少年のくせにやたら酒に詳しい。

だいぶ酔ってきたので、ソフトドリンクを貰おうと席を外す。ついでにジルも探そう。

歩きながらホールを見渡したが、ジルの姿は見当たらない。……まさか先に部屋に戻った？　いや、ジルに限ってそれはないか。

バルコニーの前を横切る際、ふとそちらを見ると、ジルとエリザベス妃が二人で話しているのが見えた。

こちらに背を向けているのでジルの表情は見えないが、エリザベス妃はかなりくだけた様子で話しているように見える。

彼女と三人で話したときの様子を思い出した。あのときもすごく楽しそうに、そしてとても親しげに俺の知らない過去の話をしてたな……。

室内から漏れる灯《あか》りが照らす、彼女の楽しそうな顔を見ていると、なんだか心がざわざわした。

バルコニーに背を向けると、まっすぐドリンクが提供されているテーブルに向かい、グラスに注がれたワインをとってナジカ殿下のもとへ戻る。

「あっ、アキラ殿。それは奥のテーブルのものですか。そのワインよりもあちらの白ワインの方がお勧めでしたのに」

ナジカ殿下が少し拗《す》ねるように言う。その様子が子どもっぽくて可愛《かわい》い。

「ふふ……。後で殿下のお勧めの白ワインもいただきますよ」

言い終わると、持っていたグラスの中身を一気に呷《あお》った。そういう気分だったのだ。

その後もナジカ殿下と話し、彼のお勧めの白ワインも貰ったが、本格的に酔ってしまったようで飲み切ることはできなかった。

やばいな。頭がぼーっとするし、動悸《どうき》がかなり激しくなってきた。顔も熱いしなにより眠い。

失態を犯す前に部屋に戻らないと……。

ジルに声をかけたいけど、今は邪魔すべきじゃないかな。エリック君とジェド君は今日はもう戻ってもらってるし……。

ナジカ殿下に声をかけ、ホールの使用人の一人にジルへの伝言を頼むとホールを出た。

賑《にぎ》やかなホールと打って変わってしんとした廊下を歩いていると、後ろから急いでいるような足音が聞こえてきた。振り返るとほっとした様子のジルが近づいてきた。

今更だけど、正装したジルは格好良い。冒険者のときのワイルドな感じも似合ってるけど、こうしているると高貴な雰囲気で、やっぱり王族なんだなぁと思う。

きちんと整えられた髪型のせいかダンディさも増してる気がする。

「大丈夫か？　部屋に戻るなら一緒に向かおう」

「うん……」

ジルが不思議そうな表情で俺の顔を覗《のぞ》き込む。思ったより近くに端正な顔があって、さらに心拍数があがった気がした。

「……珍しいな、酔ったのか？　調子が悪そうだ。それとも何か嫌なことでもあったか」

心配そうな声だ。ジルの声は低くて響きが心地《ここち》良い。

すっかり回転が鈍くなった頭でぼーっと考える。嫌なこと？　たしかにあまりいい気分ではない。

……むしろ嫌な気分かも……嫌な気分っていうか疎外感っていうか……。この感じは知っている。

これは……。

「……嫉妬《しっと》してるのかも……」

ジルが驚いたように目を見開いた。

やばいぞ。フィルター機能がゆるゆるだ。このままだと思ったことがそのまま口から零《こぼ》れ出てしまう。

「……はは……何言ってるんだか……。ごめん、俺、今酔ってて頭全然働いてないんだ。……ちゃんと話せないから……先に戻る！」

とりあえずこの場から逃げ出したくて、ジルに背を向けて小走りで部屋に向かおうとしたが腕を掴《つか》まれた。

「おい！　急に走ったりしたら余計に酔いが回るぞ。わかった、今は何も訊かないから一人でふらふらするな。部屋まで送る」

結局、ジルに手を引かれるようにして、大人しく部屋に戻った。部屋の前でジルと別れるところまではなんとか気合いで乗り切ったが、一人になったらもう無理だった。

そのまま崩れ落ちるようにベッドに沈んだ。アルコールがもたらす強烈な眠気に勝てなかったのだ。

【番外】エリザベスの憂鬱《ゆううつ》

神子様がナジカ王子と話し込んでいるのを確認して、ジル様に声をかけた。

「ジル様、バルコニーでお話しませんか」

「いや、俺はここで」

「あら、つれないですわね。せっかく再会できたのですから、二人きりでもお話したいのに」

「俺はあなたと二人きりで話したいことはないが」

「少しつきあってくださってもいいでしょう？　お願いを聞いてくださらないなら、機会をいただけるまでしつこくお誘いしますわよ。久しぶりにダイナスを訪問するのもいいですわね」

「……」

ジル様はため息をつくと、しぶしぶといった様子でバルコニーに向かう。

十数年ぶりに会ったジル様は、むしろ男ぶりを上げていた。

第一王子だった頃《ころ》の彼は、まるで絵本の王子様がそのまま抜け出してきたかのようなキラキラした爽《さわ》やかな青年で、私は美しい婚約者をよく自慢していたものだった。

しかし、今は年を重ねて纏《まと》う空気の深みが増し、大人の色気を感じさせる逞《たくま》しい男になっている。

自分からきっぱり別れを告げたのに、あれから何年経っても彼のことを思い出すたびに心が甘く疼《うず》く。

後から振り返れば、彼の婚約者として過ごした期間こそが私が最も幸福だったときだから。

本来ならもう会うこともないはずだったこの元婚約者との再会に、私は少し浮かれていた。浮かれて、そしてたぶん馬鹿みたいに希望を持ってしまった。このつまらない生活に変化をもたらしてくれないかと。

しばらく互いの近況や過去の話をした。

互いの、と言っても私が一方的に話している時間がほとんどだったけれど。少しお酒が入っていたし、いい気分になっていた。

二人だけの空間でジル様の男らしい横顔を見つめていると、昔に戻ったような気分になった。夜の空気も手伝って、自分でもだんだん大胆になっているのがわかる。

「こうしているとあの頃に戻ったみたいね。あの頃、あなたは私自身を大切にしてくれていた。それなのに、当時の私にはそれがどれだけ幸せなことかわかってなかった。今でもたまに思うの、あのままあなたについて行けばよかったのに、と」

ジル様をじっと見つめて言うと、彼は肩をすくめる。

「俺としてはそうかとしか言えないな」

ジル様の声には少しの甘さもない。親友に対するような特別な親しみさえも。

さっきまで高揚していた気持ちは、あっという間に冷えてしまった。

別に、なにも俺も同じ気持ちだとか言って欲しかったわけじゃない。ただなんとなく綺麗《きれい》な思い出に同調してくれればそれでよかったのに。

この人はこういうところも変わらない。社交辞令のような、耳当たりがいいだけの台詞《せりふ》は決して言わない人だった。社交という名の政治の場を除いては。

空気を変えたくて急いで質問を考える。

「ジル様は今、特定のお相手はいらっしゃるの？」

「いないが口説いている最中の相手はいる」

「……まさか、神子様ですか……？」

「あぁ」

「……そう。……あの方がこのままダイナスに留まってくれればダイナスの利益になりますものね。なんでも神子というのは優れた治癒魔法の使い手なのでしょう？　瘴気《しょうき》の浄化が終わっても活躍してくれますわね」

「そういうことじゃないんだ。俺は彼がダイナスを出たって構わない。許されるならなんとかして、どこへでもついて行くつもりだからな」

「まぁ……あなたにそこまで言わせるなんて、よほど魅力的な方なのね。……幸せそうでなによりですわ」

少し沈黙が続いた。

「何か俺に話があったわけじゃないのか」

「……ええ。ただ少し昔の思い出に浸って、いい気分になりたかっただけですわ」

「いい気分？」

「ふふ……。十数年ぶりに元婚約者と再会するなんて、ロマンチックじゃありません？　もっとも私とジル様じゃロマンスはないかしらね。婚約していたときだって、恋人というより兄妹みたいでしたものね」

「たしかにな」

「毎日なんの変化もない生活ですから、ジル様にお会いできると聞いて楽しみにしていましたの。夫は私の存在など忘れているでしょうし、息子達も私より乳母《うば》に懐いているわ」

「……そうか」

短い相槌《あいづち》をよこすと、私の方を向く。

「そろそろホールに戻っても？」

「……ええ。お時間をいただいてありがとうございました。ゆっくりお話しできて満足ですわ。私は少し風に当たってから戻りますから、お先にどうぞ」

「では俺は失礼する」

なんの躊躇《ちゅうちょ》もなく、ジル様はくるりと背中を向けて戻っていく。

去っていく背中を眺めながら、私が大好きだったあの少し霞《かす》んだような独特の青い瞳《ひとみ》は、きっと今度こそ今回で見納めだろうなと考えていた。

昔みたいに、彼の目元が柔らかく綻《ほころ》ぶところが見たかったのだけれど。

一人になったバルコニーで、冷たい手すりに寄りかかった。

「ふ……」

さきほどまでのやりとりを思い出して、全く隙の無い対応に思わず笑ってしまった。

少し前の自分に教えてあげたい。やめておきなさい、かえってみじめな気分になるだけよ、と。

私だって、本気でいまさら何か起こるなんて思っていたはずもない。ただ少し、昔を思い出していい気分になりたかっただけ。

「……何を期待していたのかしらね……」

私の呟《つぶや》きは誰かに拾われることもなく、暗がりの中に落ちていった。

21．告白の返事

翌日目を覚ますと、頭がガンガンしてめちゃくちゃ気持ち悪い。……はい、完全に二日酔《ふつかよ》いです。

俺はワインと相性が悪いのか、昔からワインを飲みすぎた日は特に酷《ひど》いことになるのだ。下手《へた》をすると翌日はほとんど活動できない。

しかし！　今の俺にその心配はない。この世界には素晴らしき回復魔法があるのだ!!

体を起こして、吐き気を堪《こら》えながら自分に回復魔法をかけると、嘘《うそ》みたいに不調が消えてゆく。

完璧《かんぺき》だ！　なんて便利なんだ！　二日酔いの心配をしなくていいって最高！　ついでに酔ってるときの失態もなかったことにしてくれたらいいのに……。

昨日《きのう》の最後の方の記憶を思い出してまた恥ずかしくなっていると、ノックの音が聞こえた。

「はい」

ドアが開くとジルが顔を出した。

「おはよう。体調は大丈夫か？　昨日かなり酔ってただろう？」

「おはよう。はは……二日酔いにはなったんだけど、さっき回復魔法かけたから復活したよ」

「そうか、回復魔法があるんだったな。使用人に頼んで水と薬を貰ってきたんだが、要らなかったか」

「薬は大丈夫だけど水は欲しい。ありがとう」

グラスに注がれた水を飲み干す。よく冷えた水がとても美味《おい》しく感じた。

「あの……昨日のことなんだけど……」

話し始めたものの、どう続けていいかわからずまごまごしてしまう。

「話したくなったらでいいぞ。まだレノスでの浄化も残ってるしな」

「……そうだな。また話すよ」

先送りしただけのような気もするけど仕方ない。

それから数日王都付近の浄化を進めた後、王都の外の瘴気だまりを浄化して回った。

瘴気の浄化を終え、再びレノスの王城に戻ると、教皇に深く感謝され、手厚くもてなされた。

すぐにでもダイナスに向けて出発してもよかったが、教皇の勧めでその日の晩は城に泊まることになった。

晩餐会《ばんさん》の間、俺はジルになんて言おうか考えていた。ダイナスに戻る前に話をしなくてはと思っていたのだ。

いつでもいいとは言われたものの、あまり長く曖昧《あいまい》にしておきたくはない。ジルはダイナスに戻ってからも行動を共にしてくれるつもりみたいだし。

エリザベス妃とジルが話す姿を見て感じたのは、嫉妬で間違いない気がする。

相手は他国の王妃だし、別にジルと彼女がどうにかなるなんて思っていないが、二人の間に特別に親密な空気があるように感じて、それがなんとなく嫌だったのだ。

晩餐会が終わり、部屋の前まで戻ったとき、意を決してジルに声をかけた。

「ちょっと話したいんだけどいいかな」

「もちろん。俺の部屋でいいのか」

「うん」

はぁ、なんか緊張するなぁ。こんな気持ちになるのはいったいいつぶりだろう。

部屋に入り、大人四人は余裕で座れそうな広々としたソファーに座った。どう切り出そうか。

「あのさ……ジルの話を聞かせてくれないか。俺は今のジルしか知らないから」

「何が知りたい？　アキラが知りたいことならなんでも答えるぞ」

「えっと……エリザベス様は第一王子だった頃《ころ》の婚約者なんだよな？　なんで婚約解消したの？」

「十八歳のときに王位継承権を放棄して騎士団に入ったんだ。エリザベスとの婚約はそのときに解消された」

「向こうの希望だったのか？」

「そうだ。王位継承権のないあなたと結婚はできないって言われてな」

「それは……きついな」

「彼女の気持ちもあるが、彼女の家の意向もあったんだろう。昔から未来の王族の伴侶《はんりょ》として教育されてきただろうしな。事前の相談なんかできなかったから、彼女からすれば裏切られたと感じたかもしれない」

「でもそのときはショックだっただろ？」

「まぁな。わりと良好な関係が築けていると思ってたんだ。俺の身分が変われば周りの対応も変わる。実感を伴って理解したのは城を出た後だったけどな」

「城を出たのはなんで？」

「余計な争い無しにアレクを王にするためだ。俺の母は身分が低くてな。ダイナスの貴族には血統を重んじる者が多いから、仮に俺が王になれば確実に求心力が落ちる」

「そういうものなのか」

「あぁ。これでアレクがやばいやつだったら他の方法も考えたが、あいつは昔から優秀で非の打ち所がない。だから、王位継承問題が現実的になって、俺達の周りが煩《うるさ》くなる前に離脱するって決めてたんだ」

十八歳って言ったら日本ならまだ子どもなのに……。微妙な立場で辛い思いをすることはなかったんだろうか。

「はは、そんな顔しなくていい。俺にとっては自然なことだったし、特に辛いと思ったこともないんだ。アレクの母のセリーヌ正妃は俺達親子によくしてくれたし、城での嫌な思い出もない。今もアレクのお陰でありえないぐらい自由にやらせてもらってるしな」

ジルが手元のグラスを回すと、氷がぶつかってカランと音が鳴った。

「城を出てからの生活にも満足してるし、こうやってアキラにも出会えた。俺はものすごく幸運な男なんだ」

ランプの灯《あか》りでオレンジに染まった精悍《せいかん》な顔が緩く笑う。

俺はその様子を見て、なんだかたまらない気持ちになった。

「他は？　なんでも訊《き》いてくれ」

「うん……。騎士団の話も冒険者になってからの話もなんでも聞きたいよ。ゆっくり教えてくれ」

ひと息ついてから続ける。

「俺はジルのことが好きだと思う。正直に言うと、ジルと全く同じ気持ちなのかはちょっと自信ないんだけど……。よかったら付き合ってほしい」

思い切って伝えると、ジルが微笑《ほほえ》んだ。

「そんなに重く考えなくていい。アキラの世界では同性は恋愛対象じゃないんだろ？　迷うのは自然だ。付き合ってみて無理だったら言ってくれればいい」

「でもそんなのジルに悪いだろ……」

「なんの問題もないだろ。俺がそれでいいと思ってるんだから」

「……えー……じゃあよろしくお願いします」

言い終わらないうちに、ジルはふっと笑うとガバッと俺を抱きしめた。分厚い筋肉に強い力で抱き込まれて、体が圧迫される。

「わっ、ちょっと……苦しいって！」

一気にジルの腕が緩んで、やっと普通に息ができるようになった。

「悪いな。嬉《うれ》しくてつい」

ジルがニカッと笑った。

そうだ、これだけは言っておかなければ……！

「あのさ、俺は同性とお付き合いするの初めてだから……色々とゆっくりでお願いします……」

「わかった、色々とゆっくりな。これくらいは許してくれ」

そう言うと、ジルが俺の頬《ほお》に口付ける。初めてジルが見せる甘い雰囲気に頬が熱くなった。

少し話して、部屋に戻ろうとドアの方へ向かうと、ドアの前で今度は優しく抱きしめられた。

「アキラ、ありがとう。今日は良い夢が見られそうだ。おやすみ」

穏やかな声とともに額に軽いキスが降ってきた。

……良い夢ね……。俺はすぐ眠れる気がしないんだけど……。

22. ミリエルに帰ろう

翌日レノスを出発する前にもう一度教皇に謁見《えっけん》した。今日は神官達もずらっと並んでいて、ちょっと緊張する。

「この度は本当にありがとうございました。レノーヴァはこのご恩を決して忘れません。遠い場所からやってきたあなたに神のご加護がありますように」

その言葉とともに、お守りだというペンダントを手渡してもらった。どこの国でもレノーヴァの教会で見せれば、ただちに教皇に取り次いでもらえるらしい。

使うことがないといいけど、大事にしようと思った。

ナジカ殿下は、アキラ殿が本当の兄上だったら良いのになどと言って、かなり寂しがってくれた。

兄って言うには年が離れすぎかな……。

そのうちダイナスに留学しようと思っている、そのときは絶対また会ってくださいね！　と言ってくれた。彼がダイナスにやってくるのが楽しみだ。

一度王都のアレクシス陛下の下へ寄り、そのままミリエルに向かった。やっとあの港町に帰ってこられたのだ。

ひとまずジルと冒険者ギルドに向かうと、受付嬢のマリーさんに声をかけられた。

「あっ、ジルさんとキラさん！　よかった！　戻ってこられたんですね。キラさんの荷物お預かりしてます」

「えっ？」

「ローベンスさんからのご依頼です。退去費用は特に不要だそうです。よかったですね」

ローベンスさんは、俺の借家のオーナーだ。

……あぁっ！　やっぱり！

この数ヶ月家賃を払えていなかったから、家が心配だったのだが、案の定契約を切られて追い出されたようだ。

冒険者は依頼に思ったより時間がかかり、なかなか帰って来られないことがある。

そのため、こんなふうに借家を追い出されたとき、荷物をギルドで預かってくれるのだ。

「キラさん荷物少ないんですね。おかげで助かりました。もっと多い方だと異次元収納ボックスが必要になるんですが、数に限りがあるので……」

案内されたギルドの裏の倉庫の一角に、俺の荷物達がこぢんまりとまとめられている。

……ショックだ……。あの家気に入ってたのに。

俺が意気消沈していると、ジルが声をかけてくれた。

「アレクに言えばなんとかしてくれるだろうが……よければ俺の家に来るか？　部屋ならいっぱい余ってるぞ」

「えっ、いいのか？」

正直ありがたい。ミリエルは年中余所《よそ》から人が入ってくるので、賃貸住宅の需要がとても高い。

競争率が高いため、新しく気に入った物件を借りるのはものすごく大変なのだ。ずっと宿でもいいけど、いつまでかかるかわからないし……。

ジルの家は、ミリエルの中心街を離れた閑静な住宅街の奥にあった。屋敷という表現が似合うくらいには立派な邸宅なのだが、大豪邸というわけではない。仮にも王兄殿下の住まいだとは誰《だれ》も思わないだろう。

ジルに続いて門をくぐると、すぐに執事らしき人が出迎えてくれた。上品な初老の男性だ。

「ジル様おかえりなさいませ。お客様もご一緒ですか」

「あぁ。彼はしばらくここに住むことになる。後で客室を一つ準備してくれ」

「承知いたしました。どうぞ中へお入りください」

優しそうな笑顔で案内されて、屋敷の中に足を踏み入れた。

屋敷の中は決して豪華ではなかったが、よく手入れされていて温かみのある空間だった。調度品もデザインはシンプルだが上質で、綺麗《きれい》な状態に保たれている。

「気に入ったか？」

「うん。素敵な家だな」

「つい最近引き渡しを受けたばかりなんだ。俺一人で使うには広すぎるくらいだが、立地と造りが気に入ってな。アキラの部屋は準備ができたら案内する。それ以外の場所も好きに使ってくれ」

執事はヘイズさんというらしい。俺が会ったのは、ヘイズさんとメイドのマーサさんだけだが、あと数人使用人がいるようだ。

「イトウ様はこのお屋敷で初めてお迎えするお客様です。それにジル様がお客様を連れてこられることは滅多にありませんから、私もマーサもとても張り切っております」

ヘイズさんが紅茶の準備をしながら穏やかに笑う。屋敷の使用人は口の堅い者ばかりだからと、屋敷の中では素の姿で過ごしている。ヘイズさん達も最初は驚いていたが、すぐに慣れてくれたようだった。

「良いご友人ができて良かったですなぁ、坊っちゃま」

俺とジルが話す様子を微笑みながら見ていたヘイズさんが言った。

……坊っちゃま？

ジルの方を見ると、バツが悪そうにしている。

「……客人の前で坊っちゃまはやめてくれよ。……ヘイズは城にいたときからの使用人なんだが、昔殿下と呼ぶのをやめてくれと言ったら、坊っちゃまと呼び始めてな。大人になっても呼び方を変えてくれないんだ」

「ふふ……お二人はとても仲が良さそうに見えたので構わないかと。私にとっては坊っちゃまはいつまでも坊っちゃまでございます」

ヘイズさんは微笑みながら平然と答える。二人のやりとりに、単なる主人と使用人を超えた長年の信頼関係が見てとれた。

ここはとても温かい場所だ。

その日はマーサさん達によって完璧《かんぺき》に整えられた部屋で、いつになくぐっすり眠った。

23. アルとの再会

ミリエルでまずしなくてはと思っていたことは二つある。一つは借家の確認だ。結果すでに契約切られてたんだけど……。

そしてもう一つ。アルに会いに行くことだ。

翌日、冒険者ギルドをのぞくとカーラがいた。ジルとともにギルドに入った俺を見てすごい勢いで近づいてくると、ぐいっと俺の腕をとって隅の方へ引っ張っていく。俺はただ大人しく連行されるのみだ。

「ちょっと！　急にいなくなって、しばらく姿を見せないから心配してたのよ！」

「あぁ……ちょっと色々あって……。久しぶりだな」

「……久しぶりすぎるでしょ……。大丈夫なのね？　それならいいけど。ねぇ何があったの？　アルと王都に向かったって聞いたけど、あなたは帰ってこないし、一人で戻ってきたアルは暗い顔して塞《ふさ》ぎ込んでるし……。アルは何も話してくれないのよ。……アルのこと、こっぴどくふったりした？」

「いやぁ……どっちかっていうと俺の方がふられたっていうか……」

「はぁ?!　意味わかんない……。それになんでジル様と戻ってきたのよ？　あなた達そんなに仲良かった？　……まさか付き合ってるとか言わないわよね？」

あっ、今完全に目が泳いだと思う。

「本気で？　信じられない……」

カーラが唖然《あぜん》としている。

「色々あったんだよ……」

「色々って……」

カーラがまじまじと俺を見る。

「キラって見た目はほんと普通なのにやるわよね。アルだけじゃなくて、よりにもよってジル様を落とすなんて……。そりゃあとびきりいい男だけど、凄《すご》すぎてみんなお近づきになれないのよ。もはや崇拝対象っていうか……恋人になりたいだなんて畏《おそ》れ多《おお》くて言えませんって感じなのに……」

「あはは……。えっと、アルって最近ギルドに来てる？　ここで待ってれば会えるかな？」

「うーん……あんまり来てないわね。アルの家へ行ったほうがいいかも」

「場所わかる？」

「最近荷物を渡しに行ったからわかるわ。勝手に教えるべきじゃないけど……キラだからいいよね……。ずっとあんな感じのアルは見てられないし」

カーラに教えてもらった場所は、比較的家賃の安いエリアだった。危ない感じはしないけど、ごちゃごちゃした感じの場所だ。

ジルは近くの店で待っている。城に連れて行かれて以来初めて会うから、アルのところへは一人で行くと言ったら、近くまで行く、とついて来たのだ。

たぶんこの辺なんだけど……。カーラの手書きの地図を頼りにうろうろしていると、聞き慣れた声が聞こえた。

「まさか……キラ……？」

そこには紙袋を抱えたアルが立っていた。

「あっ、アル！　……久しぶり！　元気にしてた？」

なるべく明るく聞こえるように意識しながら声をかけると、アルが泣きそうな顔になった。

それからアルは紙袋を置くと、ゆっくり近づいてきた。そのまま俺の肩に顎《あご》を乗せるようにして抱きついてくる。

「キラ、俺……本当にごめん……。助けてもらったのに裏切るような真似《まね》して……。ちゃんと謝ることもできなくて……。もう会えないかと思った……」

声が震えているし、たぶんアルは泣いている。大丈夫、と言ってアルが落ち着くのを待った。

狭くて悪いけど、と招き入れてくれたアルの家でお互いの近況について話した。

アルは定期的にお兄さんの手伝いに行っているらしい。

一度領地に帰ろうとしたようだが、人手は足りてるし、お前にはお前の生活があるだろう、とお兄さんに言われてミリエルで暮らしてるらしい。いいお兄さんだ。

浄化の話はふわっとだけ伝えて、他の人達には言わないようにお願いした。それから、今ジルのところでお世話になってることも伝えた。

ジルを待たせてるし、あんまり長居するつもりはない。キリのいいところで、そろそろ帰ると声をかける。

「キラ……アキラはこれからもミリエルで暮らすの？」

「できればそうしたいと思ってる。別の場所に行くことがあってもここを拠点にしたいんだ」

「そっか」

「うん。だからきっと時々会えるよ。アルは俺にとってこれからも大事な友達だから。今日はそれが言いたくて来たんだ。このまま疎遠になるの嫌だったからさ」

「……俺、これからもアキラの友達でいいの？　……本当にありがとう……」

「アルのこと心配してる人もいるから、またギルドに顔出してあげてよ。じゃあまたな」

「うん。またね」

少しだけ元気になったように見えるアルに軽く手を振って別れて、ジルが待っていると言った店に向かう。

「どうだった？　結構長かったな……」

「ちゃんと話せたよ。友達を失《な》くさなくてすみそうだ」

「そうか。それはよかった」

なんとなくジルの反応が微妙だ。

「まさか不安だった？」

「いや……だって気になるだろー。これまでの経緯も知ってるしな」

「はは、大丈夫だって。アルも今さら俺とつきあいたいとか思ってないって」

「どうだか」

心なしかぶすっとした顔のジルを見て、思わず笑ってしまった。あー、これはちょっと可愛《かわい》いかもしれない。

ジルから告白してきた割に、ずっと俺だけジタバタしてる感じだったから、こんな反応が返ってくるなんて新鮮だ。

ジルには悪いけどちょっと嬉《うれ》しかった。

24. アーガイルからの派遣要請

ジルの屋敷での生活は最高に快適だった。快適すぎて、新しい家探しに全くやる気が出ない。

ジルの屋敷の使用人達は必要なときを除いてあまり姿を現さない。部屋の掃除や必要な物の補充もいつの間にかやってくれていて、知らぬ間に完璧な状態が保たれているのだ。

おかげでいかにもお世話されてます、というプレッシャーを全く感じない。実際はがっつりお世話されて、至れり尽くせり状態なんだけど。

マーサさんによれば、前は王都の外れに屋敷を持っていたようだが、ここ数年はジルがほとんど帰ってこなかったので暇でしょうがなかったらしい。

ここでも、ジルも俺も大抵のことは自分でやってしまうし、屋敷もものすごく広いわけではないので、仕事がないときは皆、好きなように過ごしているそうだ。

こんな楽な職場はありませんよ、お給料を貰《もら》いすぎかなと思うくらいです、と笑っていた。

ここに来てから、朝はヘイズさんが美味《おい》しいコーヒーを淹《い》れてくれる。ジルが王都のコーヒー専門店から豆を仕入れてくれたらしい。

夜はジルと晩酌しながら話すのが日課になっている。……ちゃんと飲みすぎないように気をつけている。

ミリエルでの穏やかな生活が続いていたある日、城から呼び出しがあった。執務室へ向かい、椅子に座り机に両肘《りょうひじ》をついているアレクシス陛下と対面した。

「アーガイルから神子の派遣要請がきた」

アレクシス陛下が告げる。いつかなんかあるだろうなと思ってたけど、やっぱりきたか。

「……派遣要請ですか。他に何か言ってきていますか」

「いや。ただ神子の派遣を要請してきただけだ。どこからか情報が入ったのだろう。隠しておけることでもないからな」

まぁ、レノスでも結構普通に活動してたしなぁ。アーガイルに知られることは想定内だ。正面から派遣要請をしてきたのは少し意外に感じるけど。

王は続けた。

「イトウ殿とてできればあの国と関わりたくないだろう？　要請は断ろうと考えているが良いな」

「でも関係が悪化しませんか」

気になって訊《き》いてみたら、王はふっと笑った。

「それはイトウ殿が心配しなくともよい。外交は我々の仕事だ」

「それに、報告にあがっている情報では、あの国に今、我が国と対立する力は残っていないのではないでしょうか」

隣のサーシェスさんがつけ足す。

「それは……瘴気《しょうき》がまだ浄化されてないということでしょうか」

「はい。噂《うわさ》によれば、神子様が体調を崩して臥《ふ》せっているようで、長らく公の場に現れていないと聞いています。そのせいで同盟国への派遣もままならず、同盟国との関係も悪化しているとか」

……なんだって？

急に不穏な感じになってきたぞ。

確かにアーガイルはダイナスより大きい国だが、加々谷君が瘴気の浄化を始めてから二年以上経《た》つ。それなのに、まだ浄化が終わってないというのはどういうことだろう。

神子が公の場に現れていない、っていうのがとても気になる。体調を崩して臥せっている？　加々谷君は治癒魔法が使えるのに？

これがちゃんとした国での話ならそこまで心配しないが、あの碌《ろく》でもないアーガイルでの話なのだ。加々谷君とは少ししか話していないし、積極的に仲良くなりたいかと言われればそんなことはない。でも同じタイミングでこっちの世界に引っ張られてきた日本人同士、俺は加々谷君にもできれば健やかに過ごしていて欲しい。

少なくとも、彼が酷《ひど》い扱いを受けるようなことがあると気分が悪いのだ。

「冷戦状態ではないとは言え、ダイナスとアーガイルの関係は良好とは言えない。それでも正式に要請をしてくるとは、かなり切羽詰まっているのかもしれないな」

少し考えて俺は答えた。

「……アーガイルに行こうと思います」

アレクシス陛下が心配そうな顔になる。

「向こうの思惑も明らかでない以上、要請に応じるのは危険ではないか」

「何かあれば転移魔法ですぐ戻ってきます。今の俺なら、魔力を封じる道具を使われても大抵のものなら自力で壊せると思いますし」

「……しかし……」

「ご心配ありがとうございます。きっと大丈夫です。どうしても加々谷君が気になるし……。それで……」

ジルの方を振り返る。

「もちろん俺も行くぞ。アーガイルに入るのは久しぶりだな」

当然のようにジルが笑顔で応《こた》えてくれる。

よかった。チートキャラのジルが来てくれるなら安心だ。

今の俺なら能力的には大抵のことは一人でも対処できる気がする。でもこういうときに調子にのって一人で乗り込んだりすると、あっさりピンチに陥ったりするよな。

頼めばもっと騎士とかつけてくれるんだろうけど、なんかあったときに魔法でささっと脱出できるようにあまり人数は増やしたくないのだ。

「あっ、移動は転移魔法を使いたいと思います。アーガイルの城下町は行ったことがあるし。ジルも一緒に移動できるよ」

「アーガイルまでだと国境を二つ越えることになるぞ。魔力は保《も》つのか？」

「やったことはないから確信はないけど、たぶん大丈夫だと思う。魔力切れしたら、クリムトを経由してもいいいし。アーガイルに呼びつけられて、片道何週間もかけて出向くなんて、なんか嫌なんだよ」

「まぁ構わないが……。転移だと一瞬で着くな。とりあえず要請に応じる旨の先触れだけすぐに出さなければ」

「ええ、すぐに手配させます。……それにしても、国家間の移動まで転移魔法でできてしまうとは、神子とはつくづく規格外だな。アーガイルに着いたら、イトウ殿の身の安全を第一に考えてくれ。もし何かあれば迷わず戻ってきてくれ。最悪兄上は置いてきても構わない」

「おい！」

「兄上なら一人残されてもなんとかするでしょう？　一応王族ですから向こうも簡単には殺せないでしょうし」

アレクシス陛下がいい笑顔で恐ろしいことを言った。

「イトウ様。これを」

サーシェスさんがブレスレットのようなものを渡してきた。

「この魔石の部分がボタンになっていて、押すと魔塔のランプが点灯します。何か異常があればこれで合図を送ってください。すぐに軍を派遣します」

……それって場合によってはそのまま戦争突入ってこと？

重すぎるブレスレットに手が震えるよ……。

結局、先触れが到達する予定の日に、ダイナスの正式な使者である旨を証明する書簡を持って、俺とジルはアーガイルの城下町に転移した。

25．再びアーガイル

「うっ……。転移魔法ってこんな感じなのか。平衡感覚がおかしくなりそうだ」

ジルは初転移だったらしく、完全に酔っている。俺も使い始めたばかりの頃《ころ》はよく気持ち悪くなってたなー。

「回復魔法かける？」

「お前な……そんなお茶飲む？　みたいなテンションで訊くな。このくらい大丈夫だ。何があるかわからないから、少しでも魔力を温存しといてくれ」

俺の体感としてはまだまだ余裕なんだけどなぁ。

それにしても、アーガイルに戻ってきたら、もうちょっと懐かしいなとか、感じるものがあるかと思っていた。でも考えてみれば、城下町だって逃亡中以外では一回しか来たことがないのだ。

キール達との楽しかった思い出がある分、王城よりは多少の愛着があるけど……。

城下町から馬車で城まで向かい、門番をしている衛兵に書簡を見せて用件を伝えた。

そして今、俺とジルは城の一室で結構な時間待たされている。

「急に来たとはいえ、なかなかの好待遇だな」

「こっちの世界の常識はわからないけど、こういう対応もありなのか？」

「なしだろう。力関係が微妙な他国の正式な使者だぞ」

「やっぱりそうなんだ。結構経ったけど誰《だれ》もこないな」

さらにしばらく経ったが音沙汰《おとさた》はない。

「……あと少し待って、誰もこなければいったん城を出るか。俺達は特に急いでないしな」

ジルが軽い調子で言う。

「そうだな。加々谷君のことだけなんとか調べたいんだけど……。明日また来ればいいかな」

「どこまで情報が拾えるかわからないが、情報ギルドに寄ってみるか？」

すっかりあと少ししたら城を出る前提で、今日これからどうするか相談していたら、やっと案内役の人が来た。

案内された謁見室《えっけん》には、赤髪の皇太子と、側近だろうか、あまり感じの良くない神経質そうなおじさんが立っていた。会ったことがあるかもしれないが全く覚えていない。

久しぶりに見た皇太子は、急にものすごく大人っぽく……というか、なんかくたびれ果てた感じの男になっていた。

まだ二十歳くらいのはずなのに、顔にも髪にもツヤがない。

「ジルヴィアス殿下、はるばるお越しいただきありがとうございます。急なご来訪でこちらの準備が整わず、お待たせして申し訳ありません」

「別に構わない。レオナルド皇子はオシリスの即位式で会って以来か。と言っても、あのときはまだあなたは幼かったから覚えていないだろうが。陛下は？」

「父上は少し前から心労が祟《たた》って臥せっておりまして、代わりに私が……。それにしてもずいぶん早かったのですね」

「あぁ、たまたま近くに滞在していたのでな」

「たまたま近くに滞在……ですか。それは……我々は運がよかったのですね」

ジルが堂々と嘘《うそ》をついている。

皇太子は視線を俺の方に移す。

「イトウ殿は随分と久しぶりだな。ダイナスの瘴気《しょうき》の浄化が終わったと聞いた。イトウ殿がやったのか？」

どうやらアーガイルは、周辺国の瘴気の浄化を行ったのが、自分達が召喚した異世界人の『神子じゃなかった方』じゃないか、と気づいていたらしい。

「はい」

「本当に？　……しかし、イトウ殿は魔力が極めて少ないと……。浄化はできないのではなかったのか」

「魔力はあれから増えました」

「……なんと……我々は間違っていたのか……」

皇太子が視線を落として小声で呟《つぶや》く。

うん、間違ってるよ。色々な。

再び目線を上げてこちらを見ると、皇太子は満面の笑みでこうのたまった。

「まぁ、何はともあれイトウ殿が我が国に戻ってきてくれてよかった。ジルヴィアス殿下、この度はアーガイルの神子を保護し、無事連れ帰っていただきありがとうございます」

……そうきたか。

「連れ帰る？　おかしなことを言うものだ。彼はダイナスの危機を救ってくれた、我が国の大切な客人だ。本人がアーガイルを訪問すると言うので同行しただけのことだ」

ジルは微笑《ほほえ》みながら話しているが、目が笑っていない。

普段の陽気な笑顔がなりを潜めると、元々持っている貫禄《かんろく》と整いすぎた顔立ちが相まって、とてつもない威圧感だ。

うん、ジルは絶対怒らせないようにしよう……。

「しかし彼を召喚したのは我が国です!!　召喚にかかる費用も労力も全《すべ》て我が国で負担して……。召喚に関わっていないのに、神子を活用しあまつさえ独占するなど横暴ではありませんか！」

皇太子の隣のおじさんが、ジルの迫力にたじろぎながらも息巻いている。

「だからなんだと？　神子を独占するつもりはないが、彼の意思を無視するような国に彼を置いてはいけないな」

ちらっとこちらを見たジルと目が合った。

「勘違いしていただいては困るのですが、俺は『アーガイルの神子』ではありません。ご存知でしょう？　この国が召喚した黒髪黒目の異世界人は事故で死んだではありませんか」

おじさんの肩が一瞬、見逃しそうなほど小さくビクッとなった。

「しかし、現にあなたは生きているではないか。我が国に戻らずどこかで生活していたのであろう？

生きていたならばなぜ戻らなかったのだ」

皇太子が怪訝《けげん》な顔で訊いてくる。どうやら皇太子は、俺の件について知らされていなかったようだ。

「……ご存知ないようですが、俺を事故に見せかけて殺せと命じたのは皇帝陛下とその側近です。俺はたまたまその計画を事前に知ったので、馬車の転落後に逃げ出すことができました。あなたはご存知ですよね？」

さっき反応していたおじさんに視線を向ける。皇太子は信じられないとばかりに目を見開いている。

「馬鹿な……。たしかに事故だと……。宰相、お前は知っていたのか？」

訊かなくてももはや彼の顔色が答えだと思うのだが、皇太子がさっきのおじさんに詰め寄った。宰相ってことは、あのおじさんはきっと、俺を始末しようという話をしていたその場にいたんだろう。

「黒髪黒目の『アーガイルの神子』は死にました。俺はこの国に協力する義理はありませんし、そのつもりもありません」

「本気で彼が協力してくれると思ったのか？　それとも身柄さえ押さえられれば協力させられるとでも？」

ジルが皇太子と隣のおじさんに、氷のように冷たい視線を向ける。

えー。隷属の首輪再びとかは遠慮したいんだけど。

皇太子はぱさついた髪をクシャリと掴《つか》んで頭を抱えた。

「そんな……。それでは浄化はできないのか……？　いったいどうすれば……」

「俺がここに来たのは、ただ加々谷君がどうしてるか気になったからです。彼に会わせてください」

「……それは……」

顔をあげた皇太子がなぜか言い淀《いよど》む。

……なんだ？　何を隠してる？

俺はゆっくり息を吸い込んだ。

「加々谷君に何をした？」

自分で思ったよりずっと低い声が出た。

「……何も……していない」

「だったら早く連れてきてくださいよ」

「しかし……」

散々渋った末に皇太子が言った言葉を聞いて、俺は叫んだ。

「はぁーっ?!　元の世界に帰った?!」

わぁ。俺ってこんなに大きい声出せたんだなぁ。

26. やっぱり加々谷君はすごかった

ちょっと待て。俺のこの数年の異世界生活の大前提が、見事にひっくり返されたんだけど?!

「え？　でも召喚された当日に元の世界に戻る方法はないって、大司教が言ってましたよね」

「神殿は知らなかったのだ！　王家が秘密裏に管理していて……」

なんでも二代前の神子はずっと元の世界に帰りたがっていて、その神子を愛していた魔術師が、こっそり元の世界に戻るための装置を開発したのだそうだ。

開発にはものすごく時間がかかり、神子が死ぬまでには間に合わなかった。開発していた魔術師自身も志半ばで世を去り、弟子の弟子に引き継がれて完成したところを王家が没収し、研究資料も全て破棄させたとのこと。

それ以来、その装置は王家で管理されていたらしい。

……昔から最悪だなアーガイル王家！

やっぱりずっと帰りたがる人もいたんじゃないか。そのときに神子召喚やめようっていう話になってほしかった。

「え？　じゃあ俺も帰れるんですか？」

「いや、それは無理だ」

「なんで？」

「装置はもともと一度きりしか使えない設計で、カナメが使ったので壊れてしまった。研究資料は遥《はる》か昔に破棄されているし、修理できる者はいない」

「……本当に？」

「これは本当なんだ！　装置は我々が発見したときにはかなり破損していたが、現状の物を見せることはできる。研究資料も……唯一保管されていた使用方法が記載された書類は、カナメが持って行ってしまったのだ」

うぉーい、加々谷君！

せめて俺にも声かけてー！

俺は死んでることになってたから仕方ないのか……？

なんと、帰る機会は知らない間に俺の傍《そば》を通り過ぎていたらしい。

もはや、帰る手段があったことも、帰る機会が失われたことも、なんだか現実味がなかった。

その後、皇太子がもごもごと語ったことをまとめると、以下のとおりだ。

加々谷君はいつの間にか、王家の対外秘資料が保管された書庫に忍び込み、帰還装置についての情報を入手した。

皇帝不在のタイミングを狙《ねら》って、保管場所の鍵《かぎ》を皇帝の部屋から盗み出し、自分で装置を起動させて元の世界に帰ったと。

……いや、まじですごいな加々谷君。やり手工作員かよ、とつっこみたい。

「国内の瘴気《しょうき》の浄化も三分の一ほどまだ残っているし、同盟国にはまだ数回しか派遣できていない……。それに、カナメが治療を行っていた救護院には、各国から瘴気の被害を受けた患者が殺到している」

「国の内外から王家への反発が激しくてな。……とても神子が元の世界に帰ったなどとは公にはできない。対外的には、神子は体調を崩して臥《ふ》せっているると公表しているが、カナメがいなくなってもう半年近く経《た》ち、そろそろもたなくなってきたのだ」

「しかし、そのタイミングでダイナスに神子が現れたとの話が入ってな。こうしてイトウ殿と再会することができた。イトウ殿が今戻ってきたというのは、まだ神は我が国を見捨てていないのだろう」

皇太子がとってつけたように、くたびれた笑顔でそんなことを言ってくる。

どうやら加々谷君が姿を消してすぐ皇帝は療養に入り、全ての政務を皇太子に丸投げしているらしい。

元々はキラキラした感じの派手な美形だった気がするが、やつれてツヤを失った彼が微笑む様子は、なんだか哀愁すら漂っている。

……あれ？　俺が殺されかけた話、なかったことになってる？

「いや、そういう話ではないだろう」

腕組みをして聞いていたジルがばっさりいった。

「アキラ、どうする？　用は済んだし帰るか？」

「うーん……」

「いや、イトウ殿待ってくれ！　頼む！　あなたへの仕打ちは深く謝罪する。だからどうか……。瘴気もあるし、患者も……魔物への対応も……これ以上騎士を増員できないのだ。同盟国との関係ももうもたない！　あなたが神子として活動してくれれば全《すべ》て解決できる……！」

皇太子が文字通り縋《すが》りついてくる。

どうしようか。

さすがに自分を暗殺しようとした人達を助けたいとは思わない。むしろ思い切り困れと思う。

だけど、アーガイルで暮らす人達のほとんどは、ただ毎日精一杯生きている人達のはずなんだよなあ。

「……アーガイル国内の瘴気の浄化と、俺が滞在する間に救護院にいる患者の治療ならやってもいいです」

「しかし、それでは同盟国との関係が……」

「それは自分達でどうにかしてください」

「神子の派遣と引き換えに、随分強引に政治的な要求を通してきたと聞いているぞ。外交手腕の見せどころだな」

ジルが皇太子を見てニヤッと意地悪く笑った。

皇太子はすっかり意気消沈している。今回の面会で、彼の印象は残念なやつに変わってしまった。

年下をいじめてるみたいでちょっと申し訳ないが、俺は続ける。

「ただし条件があります。レオナルド殿下は皇太子、つまり次の王ですよね？　あなたの名で、今後アーガイル王家は神子の召喚は行わないと約束してください。できれば書面で」

「そんな……！　そんなことは私の一存では……」

「約束してくださらないのなら、いかなる協力も致しません。約束してくださいますよね？」

「……そんな……無理だ。だって……瘴気はどうするんだ！　神子でないと浄化できないのに……」

そもそも俺はこの人達に言いたいことがあったのだ。

「アーガイルでは真面目《まじめ》に瘴気の研究をしたことがありますか？　過去の資料は十分調べましたか？　浄化以外でできることを検討してみたことは？」

「いや……」

「今はまだ浄化に代わる方法はないのかもしれませんが、他の国は防衛予算を増やして魔物への対策を講じていますよ。アーガイルではどうですか？」

「や……それは……」

「つまり、少しは自分達で努力してほしいんですよ。この世界の問題なのに、異世界人に解決を丸投げするなんておかしいでしょ」

皇太子は口を開きかけたものの、言うべき言葉が見つからなかったのか黙ってしまった。そしてしばらく項垂《うなだ》れた後、弱々しい声で言った。

「……わかった。約束しよう。書面も作らせる」

「しかし……！」

隣のおじさんが食い下がるが、皇太子がおじさんに向かって怒鳴った。

「……だったらどうすると言うのだ！　イトウ殿の言うとおり、我が国は瘴気の対応について神子を召喚する以外になんの対策も立てていない。今更我々だけで何ができる？　……カナメはもういないのだ……」

「じゃあ書面の作成お願いしますね。ジル、その書面はダイナスで預かってもらっていいか？　俺が生きてる間に次の瘴気発生が起こるかわからないから」

「あぁ、アレクシスが保管するだろう。約束が果たされるかどうかダイナスが見届けよう」

破ったってなんのペナルティーもない約束だ。書面にしたところで特に拘束力はない。だけど何もないよりはましかと思ったのだ。

本当は召喚方法自体を破棄させたいんだけど、きちんと破棄されたかどうか俺が確認する術がない。またいい加減なこと言われそうだし。

これで少しは、自分達にできる瘴気対策を真面目に考えてくれると信じたい。

「わかった……」

「それから俺は『アーガイルの神子』ではありませんから、俺のアーガイル国外での行動はこの国となんら関係がありません。今後、俺に一切干渉しないと約束してください」

「一応言っておくが、彼はレノスのイグナシア猊下《げいか》の庇護《ひご》も受けているぞ。彼に手を出せば、ダイナスだけでなくレノスとレノーヴァ教徒も敵に回すことになる」

「……肝に銘じておきます」

その後、まず加々谷君が治療に行っていた救護院をジルと訪れた。小さめの教会のような建物の中は、様々な年齢層の患者で溢《あふ》れかえっていた。

部屋の奥に看護師のような人を見つけたので、彼に近づき、被っていたフードを上げて声をかける。

「こんにちは。王家から治療を依頼されてきましたイトウです。患者はこの部屋にいる方で全部ですか」

その人は俺を見て驚いた顔をし、その後泣きそうな顔になった。

「こんにちは……まさか神子様ですか？　本当に来てくださるなんて……。よかった。一度カナメ様に来ていただいてから、他国からもどんどん患者が押し寄せてきてもう限界だったんです。近くの別の救護院にも協力してもらってはいたんですが……」

救護院というのは、医師の診察を自費で受けられない患者を受け入れる場所だ。

この救護院は低所得者の居住区域が近いため、ただでさえ患者数が多い。それなのに、瘴気被害の患者が押し寄せたものだから、早々にパンクしたらしい。

患者の一部を他の救護院へ移したりして、なんとか耐えていたようだ。

医師も毎日来るわけではないため、わずか三人の看護師で患者の世話をしているそうだ。

そのせいで、彼らはもう何ヶ月も家に帰れていないらしい。……なんというブラックな職場なんだ。

とりあえずは看護師達に回復魔法をかけた。申し訳ないけどもう少し頑張ってもらわないといけないから……。

それから瘴気被害を受けた患者の治療だ。看護師にも協力してもらって該当する患者を集め、一気に浄化をかけた。

それが終わると、通常の怪我《けが》や病気の患者にも治癒を次々とかけていく。

「前の神子様はそれは綺麗《きれい》な人だったけど、あんたは前の神子様とはちがうね。黒い髪に黒い目なんて初めて見たわぁ」

一人のお婆さんに声をかけられた。

「前にここに来たのはアーガイルの神子様でしょう？　俺はフリーの神子なんです。ほら治りましたよ」

加々谷君を知っている人が何人かいたようで、俺は似たようなやりとりを何度も繰り返すことになった。

翌日とその翌日、患者を受け入れた救護院をひたすらまわって、ひとまず今周辺にいる患者の治療は終わった。

アレクシス陛下に手紙で状況を報告し、アーガイル国内の瘴気《しょうき》の浄化に向かった。

瘴気だまりについては、加々谷君が大半の浄化を終えていたため、浄化が必要な場所の数はそれほど多くなかった。

予想外だったのは、アーガイルの騎士達があんまり役に立たなかったことだ。本来は実力のある人達なのかもしれないが、とにかく疲れ果てていたのだ。

瘴気が発生してから騎士の増員は一切なされていないらしい。

無駄に城で多くの騎士を抱えているため、城外で活動する騎士達は連日あらゆる場所に引っ張り回されているそうだ。給料も十分出ていないのか、士気が著しく低い。

同行した第三王子は、ダイナスの王都の武器屋で見たようなやたら派手な装飾の剣を持っていたが、彼の剣が振るわれることは結局一度もなかった。

というわけで、なぜか他国の王族であるはずのジルが魔物との戦いを主導するという謎の状況が続いたが、なんとか報告されている瘴気だまりの浄化を終えることができた。

「本当にもう終わったのか？　……まさかこれほどの短期間で終えてしまうとは……。カナメのペースを考えると信じられないくらいだ……」

治療と浄化が終わった旨の報告を行った後の、皇太子の感想だ。

「イトウ殿は本当に魔力量が著しく増加したのだな。あなたがこれほどの力を持っていると気づかなかったことが悔やまれる。なにはともあれ、我が国の危機を救ってくれたこと、アーガイル王家を代表して心より感謝する。また、ジルヴィアス殿下もご協力感謝いたします」

皇太子は俺とジルに向かって、一度頭を下げた。

それから顔をあげて俺の方に向き直ると、わざとらしくコホン、と咳払《せきばら》いをした。

「それで……どうだろう？　イトウ殿さえよければこのままアーガイルに留まるつもりはないか。もちろん、神子として最高の待遇を……」

「そのつもりは全くありません」

「とんでもなく図々しいな。いい加減諦《あきら》めろ」

俺が断ったのと、ジルが声を荒らげたのはほとんど同時だった。

「では俺達はこれで失礼します」

せめて同盟国のうちイプシスとクシュヴァーナへだけでも……などと未だに言っている皇太子に声

をかけ、急いで人目の無い場所まで行くと、転移魔法でさっさとアーガイルの城を離れた。

とりあえずは城下町に出る。

歩き始めたところでジルが口を開いた。

「それでどこから始める？」

「え？」

「これから瘴気の浄化をして回るつもりだろう？」

「……何にも言ってないのによくわかったな」

そうなのだ。少し前からずっと考えていたのだが、きっと瘴気に悩まされる国が残っていると俺は気になってしまう。

使命感とかは別にないけど、俺の気分の問題だ。

かといって、毎回ダイナスから神子として派遣されるのは気が重いし、政治的な関係とか余計なことに気を遣いそうだ。時間もすごくかかりそうだし。

「アキラのことだから、他の国も放っておけないとか言い出すんじゃないかと思ってな。正解だろう？」

「……うん。冒険者としてこっそり浄化して回ろうかと思って。前から他の国も見てまわりたかったんだ。だからまぁ、旅行のついでにね。噂《うわさ》にはなるだろうけど、外見も変えて、なるべく転移魔法で移動していけばなんとかなるかなって」

「それだと浄化先の協力も得られないし、報酬も出ないぞ。それにアキラの功績も認識されないし、特に感謝もされない」

「報酬はもういいよ。十分稼いだし、途中で討伐した魔物は収入源になるだろ。協力も……なくても大丈夫かなって思ったんだ、ジルと一緒なら。俺だってそれなりに戦えるようになったからな。それに、俺がやったことはジルが知っといてくれればそれでいいや」

ただ、浄化の旅についても俺は完全にジルをあてにしている。この世界での立ち回りには自信がないから、ジルがいてくれると心強い。

本当のところはジルと離れたくないっていうのが大きいんだけど……。

「どのくらいかかるかわからないけど、ついてきてくれるか？」

「当たり前だ。断られてもついて行く」

一秒も迷わずに答えてくれたジルとともに、大陸全体浄化の旅を始めることにした。

27. 加々谷君は帰りたい

俺は最近悩んでいることがある。

端的に言えば、飽きてきたなって。

アーガイルでの生活は、慣れてしまえばすっかり普通になって、特に刺激もなくなってきた。

神子としての冒険に期待してたけど、浄化なんて毎回やることは同じだ。魔物は出てくるけど、戦うのは俺じゃないし特に出番がない。

ファンタジーっていうなら、もっとわかりやすくて派手なのがいいんだよなぁ。

例えば、なんか精霊王とかすごいやつらがどんどん味方になって魔王を倒すとかさ、ものすごい威力のアーティファクトを手に入れて無双するとか……あとは伝説の神獣を召喚するとか？

ただただ浄化して回るって、そんな地味なファンタジーある?! 盛り上がりに欠けるよ、欠けすぎだよ。

ここに親父《おやじ》がいれば、本当に大事なことは地味なもんだ、そういうことから逃げるな、とか言われそうだ。だけど俺は言いたい、適材適所だと。

やっぱりさ、地味でつまんないことを根気よくやり抜くのって立派な才能だと思うんだよね。そういう人尊敬してるよ、心から。

ただ、残念ながら俺の才能はそこじゃないのだ。だから、地味なのは、それができる他の人にぜひお願いしたい。

あと最近思うのが、浄化が終わった後の俺、大丈夫かなってこと。

珍しい能力の持ち主って重宝されるけど、ちょっと危ない立場でもあると思う。

レオナルドが俺を裏切ることはないと思うんだけど、なんか家臣が知っててあいつが知らない情報多いんだよな。たぶんちょっと舐《な》められてるんだろう。

そんなんで俺を守れるのかなぁって疑問に思うんだよね。

「はぁ……帰る方法まじめに探そうかなぁ……」

広いベッドの上であぐらをかいて、呟《つぶや》いてみる。

考えてみれば、帰る方法がないっていうのは、召喚された日に大司教がそう言っただけで、本当にないかどうかはわからない。あいつらが隠してるだけってこともあるかもしれないし?

そうと決まれば行動あるのみだ。俺はレオナルドには内緒で例の占い師を呼んだ。

俺に心酔している侍従の一人を介して、誰《だれ》にも見つからないように会いに来いって言ってみたら、本当に誰にも止められずに俺の部屋までやってきたからびっくりした。こいつ何者なんだろう。

結論から言うと、帰る方法はあった。……やっぱりな。

帰るための装置が保管されている場所、そこの鍵《かぎ》が皇帝の寝室にあることを占い師が教えてくれた。

「その装置の使い方調べないとな……。どっかに載ってるのかなぁ」

俺が独り言のつもりで呟くと、占い師が、機密資料の保管庫の中に関係する書類がありそうだという情報まで教えてくれた。

占い師すごくない？　そしてめっちゃ危なくない？　こいつを味方にしたらアーガイル簡単に獲れそうなんだけど。機密情報がだだもれだし。

機密資料を見るのは書庫の管理人に協力してもらえば余裕だったし、帰還装置の保管場所に辿《たど》り着くのも案外簡単だった。皇帝が城外に出る予定があってよかったなー。

レオナルドは隣国に買い付けに行っている。隣国で流行《はや》ってる服がどうしても欲しい、レオナルドが直接選んできてくれたら愛を感じるなぁって言ったら、喜んで行ってくれて助かった。

資料で見た通りに、装置を起動させる準備をする。この装置の設計や仕組みに関する資料は全く見つからなかったが、使い方のみを記したメモ書きみたいな資料があったのだ。

それから持って帰る物達を入れた袋を手に持った。

レオナルドに貰った宝飾品は、デザインが仰々しくて俺が売るには問題ありそうなのが多い。でもプロポーズのときに俺がねだって貰った指輪とか、いくつか日本でも換金できそうなものがあったから持ってきた。

日本に戻れても一文なしじゃ困るからね。とりあえずの資金が要るのだ。俺、たぶん今無職だし。

異次元収納バッグがあれば、もっと色々服とかも持って帰れたのになー。素材も高級だし、舞台衣装とかで良い値段で売れそうだったのに。

部屋は無駄に広いし、荷物は自分で持たなかったから要らなかったのだ。買っておけば良かった。

帰還装置の上に立って、少しだけレオナルドに手紙を残すか考えた。レオナルドが毎日手紙を読み直して涙にくれている様子が容易に想像できる。

うん、ちょっと可哀想《かわいそう》。何にも残さない方がいいや。

伊藤さんには一応一言残すか、と考えて、考えるのがめんどくさくなった。伊藤さんも手紙残されても、ってなるだろう。俺だったら絶対そうなる。いらないわー。

そもそも帰るにあたって伊藤さんに知らせるかどうかちょっと迷ったのだ。この装置一度しか使えないらしいからさ。

だけど、伊藤さんがどこにいるのか知らないし、俺はすぐに帰りたい。

どうせ伊藤さん一人では帰る方法を見つけられなかったわけだし、まぁ別に文句ないだろう。

よし、帰ろう。

日本にいたときは実家が恋しくなったことなんてないけど、すごい久しぶりに母さんの作った料理が食べたいかも。戻ったら一回実家に行こう。

「さらば！　アーガイル」

誰もいないけどなんとなくそう声に出して、帰還装置のスイッチを入れた。

帰還装置のランプが光ったとき、また一瞬見慣れた赤髪が頭をよぎった。タイプじゃなかったはずなのに、いざ離れるとなると少しだけ躊躇《ためら》うくらいには情が湧《わ》いていたらしい。

まぁいいや。

奴《やつ》と別れればまた新しい出会いがあるだろう。今まででだってずっとそうだったんだから。

資料によれば、目的地を具体的に思い浮かべる必要があるんだっけ。日本に戻れても、変な場所に放り出されたら困る。集中しなければ。

どこがいいかなー。あんまり都会のど真ん中に急に現れても目立つし。養成所の裏口の辺りなら人通り少ないしいけそうだな。……まさか潰《つぶ》れてないよな。頼む、ちゃんと以前のままであってくれ。

真剣に強く念じていると、俺の身体《からだ》はあっという間に装置が放つ赤い光に包まれた。

28．嬉《うれ》しい再会と異世界キャンプ

「よし、もう大丈夫だ。出てきていいぞ」

「ありがとうございます」

そう言って荷馬車の中から出てきたのは、この商隊の隊主であるダリアールさんだ。

商隊の隊主っていうとでっぷりしたおじさんのイメージだが、ダリアールさんはかなり若いし優男、という感じの小綺麗《こぎれい》な青年だ。

俺は今、シールズという国に来ている。大陸全体浄化の旅はかなり順調に進んでいる。

正直、瘴気《しょうき》が自然に消えるのと俺が浄化して回るのはどっちが早いかわからないなと思っていたが、やり始めてみると思ったよりずっと早く進んだ。

やっぱり転移魔法で移動時間が大幅に短縮されるのが大きい。元々俺の場合は、浄化自体は一瞬で終わるし。

ジルの素晴らしい社交性のおかげで、大体どこへ行っても、冒険者ギルドでの情報収集には全く苦労しなかった。

みんな訊《き》いていない情報まで親切に色々教えてくれるのだ。

今は目的地に向かう途中、ナイアール商会の商隊が同じ方向に向かうというので、道中の護衛を引き受ける代わりに彼らの馬車に乗せてもらっている。

しばらく何事もなく進んでいたが、ちょうどさっき盗賊に遭遇したのだ。

だけどこっちは、なんといってもS級冒険者ジル様がいるからな。決着はすぐついたし、もちろん圧勝だった。

一応俺も活躍した。いつか必要になったときのために、対人戦略も念のため考えてはいたのだ。

といっても、たとえ賊が相手だとしても人殺しなんて絶対ムリ。ジルみたいに死なない程度に傷を負わせて制圧、とかそんな高度なこともできないし。

だから俺はもっぱら拘束魔法と眠らせる魔法で応戦だ。この眠らせる魔法はわりと最近使い始めたのだが、魔物狩りでも相手によっては使えるし結構便利なのだ。

「わー、こいつらたぶん谷城団っすよ。盗賊頭がハゲで額に目立つ古傷が三本あるって聞きましたもん。これは懸賞金がすごいだろうなぁ」

眠らせて拘束した盗賊達を荷馬車に押し込みながら、商隊最年少のジハール君が目を輝かせている。

拘束した盗賊達は近くの駐在所に引き渡す予定なのだ。

「今回の取引のマイナス、一気に取り戻せるかもしれないっすよね、隊主！」

「こら！　奴らを捕まえたのはジルさん達だろう。私達が懸賞金を貰っていいわけがないだろう」

ダリアールさんが窘《たしな》める。

道中聞いていた話では、商談のため遥々《はるばる》出向いてきたが思ったほど有利な条件でまとまらず、しかも途中土砂崩れで足止めを食ってしまったため、旅費が大幅に膨らんだそうだ。

ギルドに護衛依頼を出す金が足りなかったらしく、俺達が護衛を引き受けると言うととても喜んでいた。

「懸賞金はナイアール商会で受け取っていただいて構いませんよ。ジルもそれでいいだろ？」

「あぁ。俺達は当面の資金に困ってないからな。約束通り目的地まで乗せて行ってくれればそれでいい」

「なんと……。こんなに腕の立つ方々に、ただ同然で護衛を引き受けていただいただけでもありがたいのに……。恩に着ます。お二人に出会えたのは今回の旅で最大の幸運です」

結局そのまま目的地の近くまで乗せてもらって、ナイアール商会とは別れた。ダリアールさんには必要な物があればなんでもご連絡ください、と言って連絡先が書かれた紙を貰《もら》った。

いつも通り目的地の浄化を終えた後、珍しくジルが寄りたい所があると言ってきた。

今日は天気が悪くて、まだ昼間なのに薄暗く、生ぬるい雨がぽつぽつ降っている。

ジルに連れられてやってきたのは、様々な店が立ち並ぶ大通りから少し離れた、細い路地にあるレンガ造りの三階建ての建物だ。

金属で作られた綺麗《きれい》な表札には、マクスウェル商会と書かれている。

ここ、なんだろう……？

ジルが入り口をノックして声をかけた。

「はーい」

ドアから出てきた男性を見て、俺は一瞬目を疑った。懐かしくてしょうがない人だったからだ。

焦茶色の髪と明るい緑の瞳《ひとみ》の優しそうな顔。

「キール!!」

「ええと……どなた様でしょうか？」

キールが困惑の表情を浮かべている。そっか、今『キラ』の外見なんだった。ジルが事情を話し、いったん室内に入れてもらって魔法を解いた。

「イトウ様！　本当に生きておられたんですね。本当に本当によかった……。ジル様から知らせをいただいたときはまだ半信半疑だったんです」

どうやら、ジルがキールの居場所を探してくれていたらしい。

応接室に案内されて、キールが紅茶を淹れてくれた。あー、やっぱりキールが淹れてくれた紅茶は美味《おい》しい。

「あれからどうされていたんですか。あの日、無理にでもお止めすればよかったと何度後悔したことか……」

「たまたま俺の暗殺計画があるのを知ってさ、あの機会に逃げるしかないと思ったんだ。ダイナスまで逃げて、冒険者として生活してたよ。ジルとはそこで会った。冒険者ギルドの話とかキールに教えてもらったことがすごく役に立ったよ」

「そうですか……。たくさん苦労なさったでしょう。お守りできず申し訳ありませんでした」

「いや、キールにまた会えて嬉しいよ。キールはどうしてたんだ？」

「私は……あの後、城で働くのがすっかり嫌になってしまいましてね。もういっそ外国に行こうかなと思っていたら、学生時代の友人に一緒に事業をやらないかと誘われたんです。彼は信頼できる人物なので、紹介させていただいてもよろしいですか」

キールが奥の部屋に向かって声をかけると、深緑色の短髪の男性がやってきた。俺の見た目に驚きながらも、緊張気味に自己紹介をしてくれる。彼はオリバーさんと言うらしい。

「もともとこの商会は父が営んでいたんですが、俺が後を継ぐことになって。一人だと手に余るので共同経営者を探してたんです。それで学生の頃《ころ》、ずば抜けて優秀だったキールの顔が浮かんで。ダメ元で頼んだら引き受けてくれてびっくりしました」

ここはマクスウェル商会の事務所の一つらしい。シールズを拠点として、近隣の国々にも商品を卸しているようで、経営はなかなか順調のようだ。

「最近色んな国で、瘴気だまりがいつのまにか消えていると噂《うわさ》になっています。……イトウ様ですよね？」

「うん。こっそり回ってるんだ」

「やっぱり……。魔力量が増えたのですね。本来なら英雄として称《たた》えられるべきなのに。もうアーガイルに狙《ねら》われる危険はないのですか？」

「たぶん大丈夫だと思う。俺に干渉しないことを条件にアーガイルの浄化を行ったから」

「あぁ、少し脅したしな」

「あんなことがあったのに、アーガイルでも浄化をしてくださったんですね。……あれ？　でもカナメ様は？」

「あー……加々谷君は帰ったんだ。アーガイルは隠してるみたいだけど」

「帰ったって、まさか元の世界にですか？　……そんな……。でもよかった、それではイトウ様もそのうち戻られるのですね」

「いや、俺は帰れないんだ」

「どういうことですか？」

俺はアーガイルで判明したことをキールに話した。話しているうちにキールの表情がどんどん険しくなっていき、最後の方になると目が据わっていた。

「信じられません。なんてひどい話なんでしょう。イトウ様への仕打ちといい、アーガイル王家にはきっと天罰が下ります。カナメ様も……仕方なかったのかもしれませんが、自分だけさっさと元の世界に戻るなんて……」

キールがぷるぷるしながら怒っている。侍従モードでないキールは意外と表情豊かだ。

「というわけでこの世界にいるからさ、よかったら友達になってくれないかな。ダイナスに住むつもりだけど、時々会いに来たいんだ」

「喜んで。私も、商会の仕事でダイナスを訪れるときには、必ずお知らせしますね」

その後、最近商会が力を入れている商品の話や、俺が行って楽しかった国の話など、たわいない話をたくさんした。

オリバーさんは冒険者ジルを知っていたらしく、甥《おい》に自慢するんだ、とはしゃいでいた。

すっかり話し込んでしまって、事務所を出るときには外は真っ暗になっていた。オリバーさんとキールが送り出してくれる。

「イトウ様、またお会いできて本当に嬉しかったです。今は前よりずっと幸せそうで、少し安心しました。ジル様、イトウ様に会わせていただいてありがとうございました」

「また落ち着いたら会いに来るよ」

「ええ、ぜひ。お二人にお会いするのを楽しみにしています」

二人に手を振ってジルと宿に向かいながら、友達になったんだからまずイトウ様呼びをやめてもらわないとな、と考えていた。


「おっ、そろそろいけるんじゃないか？　めっちゃいいにおい～」

鉄網の上で、いい感じに焼けた肉のにおいが食欲をそそる。

ジルがはは、と笑った。

「随分嬉しそうだな。こんなに喜ぶならもっと早くやっておけばよかった」

前から一回やってみたかったことがあった。それが野営だ。冒険ものといえば野営！　夜に外で松明《たいまつ》に灯《とも》した火をみつめながら、仲間と話したりする場面がよく出てくると思う。ああいうの、ちょっと憧《あこが》れ。

瘴気《しょうき》浄化の旅に出るとき、すぐ野営の機会が来ると思った。だから密《ひそ》かに、キャンプに使えそうな道具を異次元収納バッグに入れたり、キャンプで使えそうな魔法を考えたりしていたのだ。

だけどなかったんだよな、その機会が。正式に神子として旅してる間は、いつも宿が手配されていて野営しなくてていいように旅程が組まれていた。

ジルと二人旅になってからは転移魔法を使い倒していたので、野営の必要は全くなかったのだ。

だから今日はあえて野営、というか異世界キャンプを満喫する！

「前からやってみたかったんだ。食材は昼間に寄った街でたっぷり買えたし、キャンプのための道具も色々持ってるから楽しみにしといて」

「そうか。楽しみにしてるぞ」

「肉焼けたから食べよう。これつけて食べて」

ジルにタレの入った器を渡す。これは俺が作った焼き肉のタレもどきだ。本当はすりおろし生姜《しょうが》とかニンニクが欲しかったけど手に入らなかったから、ただのとろっとした甘辛いタレ。

異世界生活にはだいぶ慣れたけど、時々日本で食べていたような味付けが、恋しくて仕方なくなるときがある。

だから訪れた国ではなるべく市場によって、和食の調味料に近い味のものが見つかったら集めるようにしている。

「この色はイニャックで買ってた調味料か？　うまいな」

「イニャックで買った調味料をもとにして、何種類か混ぜてるんだ。元の世界の味に寄せてみたんだよ」

「珍しい調味料をたくさん買い込んでたもんな。これは人気が出そうな味だ」

「元の世界には美味しい料理がたくさんあったんだ。こっちの食事に不満はないけど、慣れ親しんだ味が時々無性に恋しくなるんだよ」

「そうか……」

ちょうど影になっているからかもしれないが、ジルの表情が少し翳《かげ》ったように見えた。

なんでだろう。焼き肉のタレもどきは好評っぽかったのに。

食事が終わればテントの準備だ。

「ふふ……驚いてくれよ？　じゃーん」

バッグから特大のテントを取り出し、組み立てる。と言っても、魔道具なのでボタンを押すだけで自動で展開されるのだ。

「でかいな……。テントっていうより普通の部屋みたいだ……」

「楽しみだったから奮発して買ったんだー」

このテントは意外と高くない。店主が思いついてつくってみたものの、大きすぎて全然売れなかったらしい。

たまたま見つけて買うか悩んでいたら、すぐ買って行ってくれるならと、かなりまけてくれたのだ。

もちろん中の家具も完璧《かんぺき》に揃えてある。ふかふかのベッドにいい感じの絨毯《じゅうたん》とクッション、ちょっとしたテーブルもある。

そう、今は金にも困ってないし、せっかくだから豪華にしたかったんだ。イメージは日本で流行《はや》っていたグランピングみたいな感じ。

「ただ……これめちゃくちゃ目立たないか？　この辺は魔物が少ない地域だが、一晩過ごすならさすがに……」

「よくぞ訊いてくれました！　ちゃんと対策考えてきたんだよ。まぁ見てて」

今こそ、俺の研究成果のお披露目のときだ！

魔法でテント全体を覆う結界を張る。重要なのはここからだ。上手《うま》くいくかな……。

「なんだ?!　テントが消えた」

「成功だ。認識を阻害する魔法なんだ。テントはちゃんとあるんだけど、結界の外からは認識できないようになってる。ここから見たら何もないように見えるだろ？」

「へぇ便利だな。対象は人間でもいいのか？　潜入調査とか色々使えそうだな」

「人間も大丈夫だよ。もともと逃亡中に使えないかなって思って考え出したやつだから。もっと早く使えるようになってたら色々楽だったけど……。でもこれで終わりじゃないんだ。テントがあった場所に近づいて結界に触れてみて。見えないけど触れるから。一応あの石が目印だよ」

「この辺か？　おぉ、たしかに壁のような感触があるな」

「じゃあ少しでいいから魔力を流してくれ」

「流したぞ」

「よし、登録完了だ。これでジルはそのまま結界の中に入れるよ。魔力を登録してない者は中に入れないようになってる。これで俺達は自由に出入りできるけど、魔物に襲われる心配はない。便利だろ？」

「すごいな……。でもこの結界、一晩中維持できるのか？」

「魔力が減ってる感じはほとんどしないから、何だったら数週間とかでも余裕だと思う」

「……さすがだな……」

「それからさ、同じ要領で認識阻害魔法をかければ、安全安心に露天風呂《ろてんぶろ》に入れるんじゃないかって思って。風呂も持ってきたんだ。お湯は魔法で入れられるし。もう入るか？」

満天の星の下で風呂に入るってわくわくするよな！　テレビでそういう番組がやっててていいなぁって思ってたんだ。

「それは……一緒に入るのか？」

「……えっと……」

……別に友達と銭湯とか普通に行ってたんだけど、ジルと一緒だとかなり恥ずかしいような……。でも一応広めの風呂を用意してたりするんだよなぁ……。

「ふー、気持ちいい〜」

「よかったな、ちょうど天気の良い日で。アキラの希望通り星空が綺麗《きれい》に見える」

結局、ジルと仲良く並んで湯に浸《つ》かっている。恥ずかしいが、一緒に入った方が楽しいかなと思ったのだ。

「そういえば、アキラの魔法属性はどうなってるんだ？　光と風はもともと聞いていたが、転移やら結界やらができるってことは無属性もだろう？　なのに今日は松明に魔法で火をつけたし、この風呂のお湯も魔法で出したよな？」

「あぁ、まだ言ってなかったっけ？　俺の属性は全部なんだ」

「全部?!　魔力量がとんでもないうえに全属性持ちか……。このことは絶対俺以外に言うなよ。相手によってはやばい兵器だとみなされるぞ。手に入れようとする輩《やから》が群がる」

「やばい兵器って……。実際魔法使うのは俺だから、そんな大したことできないんだけど。誰《だれ》にも言ってないから大丈夫だよ。ジルの前だから気を抜いてたけど、普段はボロ出さないように気をつけてるし」

「それならいいが……。心配だな」

ジルが俯《うつむ》き加減《かげん》に軽くため息をつく。濡《ぬ》れた手で髪を掻《か》き上げる仕草がセクシーだ。

それにしても……。思わず隣のジルをじっくり見てしまう。想像通りめちゃくちゃ良い体をしている。ギリシャ彫刻みたい……いや、ギリシャ彫刻より筋肉は厚いかも。本当に芸術品みたいだ。

思いっきり見ていたらジルと目が合った。なんとなく恥ずかしくなって目を逸《そ》らした。

「ふふ……なんだ？　見惚《みと》れてたのか？　別に好きなだけ見ていいぞ」

ジルがにやにやしている。

「や……。羨《うらや》ましいなって思って。こっちに来てから前よりは筋肉ついたと思うけど、俺はあんまりがっしりしてないからな」

「アキラの体は綺麗だ。華奢《きゃしゃ》だと思っていたが、意外とちゃんと筋肉がついてるんだな」

ジルが熱っぽい視線でじっと見てくるから緊張してきた。動いた拍子に肩が触れて思わずビクッとなってしまう。

ジルの方が背が高いから、俺とジルが並ぶとなんとなく見上げる感じになる。身長差の割に、座っているると目線が近いところがなんとも悲しいが。

視線をもっと上げると、空に光の筋が流れていくのが見えた。

「あっ、流れ星！　あっちも。すごい！　流星群か?!」

「流星群？」

「流れ星の大量発生みたいなやつだよ。それより、俺がいた世界では流れ星に願い事をすると叶《かな》うって言われてるんだ。今チャンスだぞ」

「へぇ、面白いな。じゃあ俺も試してみるか。特に声に出さなくていいのか？」

「うん。願うなら急がないと。すぐ終わっちゃいそうだし」

何がいいかな。よし、決めた。目を閉じて願いを込める。

日本にいる家族がみんな幸せに暮らせますように。

この先もずっとジルと幸せに暮らせますように。

「何を願ったんだ？」

「こういうのは言わないもんなんだよ。ジルの願いも叶うといいな」

その後、しばらく二人とも無言で綺麗な星空を眺めていた。

諸々《もろもろ》終われば寝る時間なんだけど……。

「どうした？　アキラも来いよ」

ジルはすっかり就寝準備を終え、ベッドに体を投げ出している。俺はと言うと、自分で二人用のべッドを用意しておきながら、ちょっとモジモジしている。

おずおずとゆっくりベッドに乗り上げたら、ジルに腕をとられて抱き寄せられた。

微笑《ほほえ》むジルの顔がゆっくり近づいてきて、俺の口にジルの唇が触れた。最初は浅く、でもどんどん口づけが深くなっていく。だんだんぼーっとしてきた。……どうしよう。違和感が全く無いどころか気持ちいい。

「大丈夫か？」

「うん。……気持ちいい」

そう答えると、ジルが嬉《うれ》しそうに笑った。

続く口づけはそのままに、ジルのごつごつした手が鎖骨を撫《な》で、シャツの上を滑る。自分でも鼓動が速くなっているのがわかる。

……もしかしてこのまま……?! 降りてきた手が腰を撫でて、思わずぎゅっと体に力が入る。

「ふ……そんなに固まるなよ。ベッドが一つしかなかったから、お許しが出たのかと思ったが違ったか？」

「はは……正直下心もあったんだけど、いざとなると……わっ！」

急にあらぬところを撫でられて、直接的な刺激に声が出た。

「よかった、ちゃんと反応してるな。どうする？　もうやめておくか？」

「うぅっ……」

「もう少し俺に任せてみないか？　痛いことはしないって約束する」

あー、もう。わざわざ耳元でしゃべらないでほしい……。

「……お願いします……」

その瞬間ジルの目が妖《あや》しく光った気がした。


頭をそっと誰かの手が撫でるのを感じて、目が覚めた。横を向くと微笑むジルと目が合う。

「おはよう。悪いな、起こしたか？」

「あっおはよう。いや……。もうすっかり明るいな。結構前から起きてた？」

「いや、さっき目が覚めたところだ」

俺は寝転んだまま仰向《あおむ》けになり、伸びをする。

結局昨日《きのう》はジルに翻弄《ほんろう》されて、途中から何がなんだかわからなくなった。約束どおり、ただひたすら気持ちよかったけど。

なんか新しい扉を開けてしまった気がするけど、そもそも異世界なんて訳の分からない状況になってるし、もう気にしない。

それにしても……。思い出して恥ずかしくなっていると、ジルがくすっと笑うのが聞こえた。

「アキラ、昨日は可愛《かわい》いかったな」

ぎゃー！　やめてくれ。俺の人生で『可愛かった』なんて言われる日が来るなんて……。

満足そうに笑うジルの隣で、俺は枕に突っ伏してしばらく顔が上げられなかった。

29. 旅の終わりと新たな始まり

「これで全部か」

「うん。思った以上に多かったな」

ふぅー、結構頑張ったな。額の汗を拭《ぬぐ》いながら、そこら中に倒れている魔物達に視線を落とした。

最後の瘴気《しょうき》だまりへ向かう途中で、魔物の群れに遭遇してしまったのだ。

それにしても、我ながら素晴らしく成長したと思う。これたぶん、普通ならAランク以上の冒険者が複数のパーティーで討伐するくらいのやつだと思うんだよね。

ジル様と組んでいるとはいえ、二人きりできっちり対処できちゃうんだから、なかなかじゃないか。

いつも通り瘴気だまりを浄化し終えて、一度被っていたフードを脱いだ。かなり通気性の良いローブなんだけど、それでもやっぱりフードが無いと風を感じて気持ち良い。

すっかり瘴気の消えた瘴気だまりの跡地を見ていると、じわじわ達成感が湧《わ》いてきた。ちょっと叫び出したい気分だ。

「ついにやった!」

「あぁ、見事にやり切ったな。正直、大陸全体の瘴気だまりの浄化なんて、いったいいつまでかかるんだと思っていたが、やってみたらなんとかなったな」

「な!　ついてきてくれてありがとう。ジルのおかげで特に誰かに止められたりしなかったし、危険な目にもあわなかった」

「感謝するのは俺の方だ。この世界を救ってくれてありがとう。それから、俺をパートナーに選んでくれてありがとう。……そろそろ昼だな。街に戻って美味《おい》しいものでも食べて、祝勝会をしよう」

よっしゃ！　昼から冷えたエールを注文しちゃおう。

転移で人目につかないところまでは移動し、街へ向かった。この街は森のすぐそばにしてはかなり栄えている。

ジルが冒険者ギルドで聞いてきた美味しいと評判の店を目指しているのだが、人が多くてなかなか進めない。

やっとの思いで辿《たど》り着《つ》いた店はすでに行列ができていた。ちょうどお昼どきだからなぁ……。

しばらく並んで、ようやく俺達の番が回ってきた。外から見た印象より、ずっと店内は広かった。看板メニューのほかいくつか料理を頼む。

料理が来るのを待っていると、隣のテーブルの会話が耳に入ってきた。

「なぁ、知ってるか。最近瘴気だまりがどんどん姿を消してるんだってさ。外国の話だと思ってたんだが、うちでも同様らしいぞ」

「あぁ、その噂《うわさ》は聞いたよ。実際、アクヴィルの森の瘴気だまりは消えてたぞ。魔物の討伐依頼も少し落ち着いてきてるらしくて、ギルド職員の従兄弟がやっとゆっくりできそうだって喜んでたよ」

「じゃあこれも知ってるか。消えた瘴気だまりの近くではな、二人連れの冒険者風の男が目撃されてるんだってさ」

「二人連れの冒険者風の男って……そんなのどこにでもいるじゃないか」

「それがさ、片方は珍しい黒髪の男なんだってさ。もう片方はえらく男前らしいぞ。何者なのか気になるよな〜」

おー。やっぱり噂になってるかー。ちなみに俺は元の姿のまま浄化に出たことはないから、黒髪だっていう情報は嘘《うそ》だ。大体フード被ったままだし。

きっとどこかで誤った情報が広がったんだろう。

ジルの見た目も浄化場所へ向かうときは、髪の色と瞳《ひとみ》の色くらいは変えるようにしていた。

顔立ちを変えるのは、はっきりしたイメージを持たないといけないので結構大変なのだ。誰かの顔のコピーならそんなに難しくないけど。

記憶に残りにくい魔法もかけてみたんだけど、ジルのイケメンオーラは隠しきれなかったようだ。

並んで入った甲斐《かい》あって、食事はとても美味しかった。それに大仕事を終えた後の解放感で、とても気分が良かった。

食事を終えると、街を抜け、小さな湖のほとりで少し休憩することにした。ちょうどいい木陰もあるし。

浄化場所に向かう途中に見つけて、気持ち良さそうな場所だなと目をつけていたのだ。

「なぁ、これで浄化も終わっただろう？　これからアキラはどうしたい？」

「うーん。とりあえずミリエルに戻りたいな」

「また冒険者をやるのか？」

「冒険者もいいけど……なにしようかなぁ。まぁ、ゆっくり考えるよ」

少し間があってから、ジルが真面目《まじめ》な顔で訊《き》いてきた。

「アキラは今も元の世界に戻りたいか？」

「……なんで？」

「……アーガイルに帰還装置があったよな。調べさせたところ資料や関係者は残っていないようだが、存在したってことはもう一度作り出せるかもしれない」

ジルが伏し目がちに言う。

「アーガイルに行った後、異界渡りについてルイスに調べてもらっていたんだ。残念ながらダイナスの魔法水準では、帰る方法は見当もつかないらしい。だが、東の大陸の魔法帝国なら手掛かりがあるかもしれないとも言っていた。だからアキラが望むなら……」

……なるほど。あのクソアーガイル、本当要らないことばっかりしてくれるよ。

加々谷君が帰ったって聞いたとき、俺も同じことを考えた。それって元の世界に帰れる可能性がまだあるってことかなと。

だけど、アーガイルの魔術師は何十年以上も研究して作ったんだよな。しかもとんでもない大きさの魔石がいるとかなんとか言ってた気がするんだ。

帰還装置を作ることができたとして、それまで俺が生きてるのかわからない。

すっかりこっちで生きてくつもりでいたのに、わずかな可能性を示されたせいで、なんとも微妙な気持ちになった。ジルにも気を遣わせたみたいだ。

「……そこは絶対帰さないって言ってくれないと。最近、時々表情が曇ってたのはそれが原因か？」

「俺だってもちろん帰って欲しくない。でも、元の世界に大切なものがたくさんあるだろう？　家族とか友人とか」

そりゃそうだよ。簡単に諦《あきら》められたわけじゃない。こっちに来てから、時間をかけて無理やり気持ちの整理をつけただけだ。……だけど……。

「……いや、もう帰る方法は探さなくていいよ。無いとは言い切れないけど、かなり望み薄だろ？　あるんだかないんだかわからない希望に縋《すが》りながら何年も過ごすなんて、俺にはあんまり良い生き方だとは思えないな」

帰る方法を探し続けるってことは、ずっとここは俺の世界じゃないって思いながら暮らすことだ。俺だっていつまでも異邦人でいたいとは思わない。

「それにさ、今はそれでいいって自信を持って言えるくらい、ちゃんと幸せだよ。こっちでもちゃんと友人って呼べる存在ができたし。それに……いまさらジルがいない生活なんて考えられないし……」

ジルが口元を押さえている。わー、恥ずかしいこと言っちゃったかな……。でも本心だ。

「……それでいいのか？」

「いいんだって。俺の長所は諦めが良いところだから、一回決めたらたぶんグズグズ迷ったり後悔したりはしない。それに、ここで暮らしてて良かったってジルが思わせてくれるんだろ？」

「……あぁ、後悔させないって約束するよ」

ふぅー、と息をついてからジルが笑った。

「よかった。正直なところ、帰りたいって言われたらどうしたらいいか悩んでいたんだ。アキラの気持ちを尊重すべきだとは思いながらも、俺の気持ちが追いつかなかったからな。……これからも一緒にいてくれるか？」

「もちろん」

いい気分だ。別に今何か大きく変わったわけではないけど、快晴の青空のおかげか、どこか吹っ切れた気分になった。

偶然連れてこられた世界だけど、俺は思いっきり根を張ってやるのだ。置かれたところで咲きなさいって誰かが言ってた気がするし。

「よし、じゃあミリエルに帰るか」

「そうだな。俺達の家に帰ろう。ヘイズもマーサも待ってるだろう」

いやー、帰るって良い響きだよな。

これからどうしようか。冒険者は続けたいな。ジルと組んで色んな場所を回るのは楽しそうだ。その場合、俺の出番はなさそうだけど。

それから、せっかくだから異世界知識を活《い》かしたい。なんか新製品を考えてキールの商会で扱ってもらうっていうのはどうだろう？

こっちで売れそうなものをいくつか考えよう。まずは市場調査かな。

よし、大丈夫。

俺はジルの手をとって愛しの港町へ戻った。この世界に来て以来、最高に晴れやかな気分だった。

後日談

目が覚めると、こちらを見下ろすように見つめる、ブルーグレーの瞳《ひとみ》と目が合った。

「あ、おはよう」

いつも通り柔らかく笑っておはよう、と返してくれる。

一緒に眠るようになってわかったことは、ジルは夜より何より朝がやばい。

朝特有の気怠げな雰囲気に寝乱れた服、ちょっと掠《かす》れた声が相まって、それはそれはちょっと正視できない仕上がりなのだ。これぱかりは何度見てもなかなか慣れない。

「今日はキールのところだったか？」

「うん、新商品の打ち合わせだよ。新しいデザインが出来上がったって言ってたから。ジルは城に呼ばれてるんだっけ？」

「あぁ。アレクのやつ、また用件も書かずに呼び出しだ」

「あんまり面倒臭い話じゃないといいな。夜には戻れる？」

「なんの用だか知らないが夜には一度戻る。よほど緊急じゃなければ、それくらい許してくれるだろう」

ジルは、アレクシス陛下から時折呼び出しを受けては、色々と頼み事を受けているようだ。俺と旅をしていた間も、ちゃっかり自国に影響がありそうな情報を収集していたらしい。戻ってきてからしばらくは、城と屋敷を行ったり来たりしていた。

以前アレクシス陛下と話したときに、兄上は国王なんて面倒臭いものを私に押しつけてきたのだから、在位中は思いっきり私の手足として働いてもらうんだ、と輝く笑顔で言っていた。

そう言うわりに、基本ジルを自由にさせているから、なかなか兄想《おも》いな弟だなぁと思う。

ジルとゆっくり朝食をとって、ヘイズさんの淹れてくれたコーヒーを堪能してから、キールとオリバーさんに会いに行く準備をする。

異世界で日本の商品をヒットさせるっていうのを一つくらいやってみたくて、キール達に相談したら、すぐに俺をマクスウェル商会のアイデア顧問にしてくれた。

かなり色々な案を出して、何回も打ち合わせをして、満を持して売り出されたのは……まさかのクリップだった。

そう、クリップ。文房具の。我ながら地味過ぎる。

でも仕方なかったのだ。

生まれてこの方、ファッションセンスとは無縁の人間だったから、服とかアクセサリーとかは無理。

化粧品も全くわからないし、薬やら家電やらは使ったことがあっても仕組みがわからない。

魔法効果を付与したすごい涼しい布団とか、ものすごい高機能な防寒具等は残念ながら既に販売されていた。

……で、思いついたのは結局、日々職場で使っていたアレ。

いやー、激務の部署で部下を他の係にとられたときには、遅い時間まで一人でひたすら資料組んでクリップ留めしてたなぁ。

大体どっかから直前まで資料の修正が入って、印刷始めるのが遅くなるんだよな……。部数が多いと印刷するだけでめっちゃ時間かかるんだよ。職場のコピー機、大体途中で調子悪くなるし。

大事な仕事ではあるけど、それはわかってるんだけど、深夜にずっとやってるとなんか心が荒《すさ》む。

……という苦い思い出に浸りながらキールに話してみたら、まさかの商品化、まさかの大ヒットだったのだ。

文具としてのクリップは需要が高く、一般家庭向けはもちろん、王宮や役所、商会、ギルド、あらゆるところに卸している。

ちゃんとゼムクリップ、目玉クリップ、ダブルクリップをばっちり揃えてあるのだ。たぶんこのまま定着さえすれば、ロングセラー商品になるはず。

俺のふわっとした説明でしっかり想像通りの形に仕上げてくれ、量産化を可能にした商会ゆかりの職人さん達は本当にすごい。

さらに、オリバーさんの妹さんのアイデアで、ヘアアクセサリーとしてのクリップも爆売れしている。庶民向けにはシンプルなデザインのもの、貴族向けには細かい宝石や装飾たっぷりの豪華なものを売り出しているらしい。

従来の髪留めより、ずっと使い方が簡単なので人気なのだそうだ。そういえば日本でもヘアクリップとかあったような気がする。デザインは無限だからこちらも長く売れそうだと、オリバーさんが目を輝かせていた。

それで、今日はクリップに続くヒット商品を考案すべく、マクスウェル商会の事務所にやってきたのだ。

「そういえば、アーガイルで新しい王が即位したっていう話、お聞きになりました？」

キールは未だに敬語をやめてくれない。散々お願いして、やっと最近イトウ「さん」呼びになったところだ。

「あぁ、ジルからそんな話聞いたよ。詳しくは聞いてないけど」

「辺境に飛ばされていた第二王子がクーデターを起こしたんだとか。前皇帝はその混乱の中で亡くなって、皇太子は特に抵抗もせずに弟君の即位を認めたそうですよ」

赤髪の皇太子のやつれた顔を思い出した。最後に会ったとき、かなりお疲れだったもんな……。

「前皇帝の側近に当たる者は漏れなく解雇されて、城の体制は刷新されたのだとか。皇太子も国に混乱を招いた責任をとって、辺境にある小さな領地に送られるそうですよ」

キールがめちゃくちゃ嬉《うれ》しそうだ。

「そうなんだ……嬉しそうだな」

「もちろんです。イトウさんはあまり何もおっしゃいませんが、私はずっと怒っておりましたから。今回の顛末《てんまつ》を聞いてすっきりしました」

「そっか……」

「第二王子が辺境へ飛ばされたのは、神子の召喚に反対したからだという噂《うわさ》です。新しい体制になれば、瘴気《しょうき》への対応も変わるかもしれませんね」

「そうだといいなぁ」


その後、あれこれ新商品についてのアイデアを話して、いくつか検討してもらえることになった。

「ところで、俺ペンケースが欲しいんだけど良いのないかな。立てられるやつがいいんだけど」

職場で愛用していた、ファスナーを開ければペン立てになるタイプのものを思い浮かべる。机の上が散らからないから便利なんだよな。

「立てられるもの……？　詳しくお聞かせ願えますか？」

「……えーっと、底は立てたときに安定するように硬くなってるんだ。立てて置けば場所とらないし。上半分はファスナーがついてて、使わないときは閉めて、使うときは開けておけばそのままペン立てになるから、ペンが散らからなくて……」

「ファスナーとは?!」

「あ、そっか。ファスナーないんだっけ。……ん？　じゃあファスナー開発したら、鞄《かばん》とか服とか色々使える……」

「詳しく!!」

目をギラギラさせた商売人二人に、たっぷりファスナーの説明をさせられ、早速商品化に向けて動くことになった。

　クリップの次はファスナー……。

　オリバーさんは新たなヒット商品の予感にすっかりホクホク顔だ。

「イトウさんの希望のペンケースもぜひ作りましょう！　生地の希望はありますか？」

「なるべく軽くて丈夫なやつがいいな。あと汚れにくいやつ」

「たしか、ナイアール地方に良い生地があると聞いたことがあります。評判が良いみたいで前々から気にはなっていたんですが……。ただあそこは、大きな商会が取引をほぼ独占していて、なかなか新参者は取引してもらえないんですよね……」

　ナイアールってなんか聞いたことあるな……。あっ、ダリアールさんのとこか！

「そうなんだ。役に立つかわからないけど、ナイアール商会っていうところに知り合いがいるから、もしかしたら繋《つな》いでもらえるかも。これ」

　ダリアールさんに貰った連絡先をオリバーさんに渡す。

「えっ?!　この方って、向こうの商会の会長の息子さんじゃないですか！　一体どこでお知り合いに?!」

　なんと、あの小綺麗《こぎれい》なダリアールさんは、大商会の会長の息子さんだったらしい。商隊の隊主にしては若いなと思っていたけど、そういう理由なら納得だな。

「旅の途中でたまたま……。キラからの紹介って言ってくれれば通じると思う」

「近いうちに訪問してきます！　これがあればきっと取り次いでもらえるでしょう。上手《うま》く行けば新しい販路の開拓も……。イトウさんはうちの商売の神様です！」

オリバーさんが、本当に拝み出しそうな勢いで言ってきた。

その後も、これから売り出し予定のヘアクリップのデザインを確認したり、結局夕方までみっちり打ち合わせをした。

オリバーさんはファスナーと、ダリアールさんの件がよほど嬉しかったらしく、終始浮かれまくっていたが。


キールが最近美味《おい》しいケーキ屋ができたと言うので、その店に寄ってからミリエルの屋敷に帰った。

ジルは俺と違って甘いものは苦手なようだが、なぜかチーズ系だけは食べる。だから今回買って帰ったのもチーズケーキだ。

屋敷に戻ると、ジルは既に帰ってきていた。

「打ち合わせはどうだった？」

「成果はあったよ。また新商品出せそう」

「それはいいな。オリバーが舞い上がっている様子が簡単に思い浮かぶ」

「うん、めちゃくちゃ嬉しそうだった。あとこの間言ってたアーガイルの話、キールが嬉しそうに話してたよ」

「皇帝が新しくなった話か。まぁしばらくはごたつくだろうから、俺達が彼を目にするのはまだ先になりそうだけどな。同盟国との関係修復もこれからだろうしな。このまま持ち直せるか没落していくか……お手並み拝見といこうじゃないか。アキラは前体制が崩れて嬉しいか？」

ジルに訊《き》かれて、答えに少し困る。

「うーん。キールが新しい皇帝は神子召喚反対派って言ってたから、それはよかったと思うけど。もうアーガイルとは関係ないから。……まぁ、前の皇帝酷《ひど》かったから、ほんのちょっとだけざまあみろ、と思わなくもないけど」

「そうか」

ジルが笑った。

「アレクシス陛下はなんて？」

「エドワードに剣術を教えろってさ」

「エドワード殿下って第一王子だっけ？」

アレクシス陛下には息子が二人いるのだ。たしか長男がエドワード殿下だったはず。

「あぁ。元々別の先生がいたらしいが、最近故郷に帰ったらしい。クロードに頼めって言ったんだけどな……。ついでに、平和なうちに騎士団の希望者にも稽古《けいこ》をつけろってさ」

「じゃあ定期的に通うことになるのか。それなら、ジルが城に行くとき俺も顔出そうかな。ルイスさんに魔塔に来てって言われてるし」

「それはいいな。城に行くのは面倒臭いがアキラも来るなら楽しそうだ」

「ついでに王都で買い物したり、食事したりしよう！」

これでちょっとしたデートだ。行きたいところを考えていたら、楽しい気分になってきた。

その後はいつも通り一緒に食事をとって、いつも通り同じベッドで寝る。

俺は眠りにつくまでの、ジルと話すこの時間が好きだ。

「ジル、なんか話して」

「そうだな……じゃあこの間アキラが行きたいって言ってたナスカ帝国での話な」

すらすらと、冒険者として周遊していた頃《ころ》の話が始まる。

我ながらなんて雑な振りだと思う。俺だったら、なんか話してとか言われても困る。でもジルは特に困った様子もなく、冒険譚《ぼうけんたん》を披露してくれるのだ。

ジルの心地《ここち》良い低音ボイスを聞いていると、だんだん眠くなってきた。今日は疲れてたのかなぁ。

「そのときの少女がなんと第三王女だったんだ。それで……ってもう寝てるか」

ジルの声が遠くで聞こえる。

おやすみ、と言う優しい声をかろうじて聞いて、そのまま眠りに落ちた。

兄の話

ジルヴィアス・ダイナスと言えば、不遇な第一王子。才能に恵まれたにもかかわらず、母の身分が低いためなんの後ろ盾も持たない、無力で憐《あわ》れな王子。

子どもの頃《ころ》の兄の評判は、大体がそのようなものだったと思う。

けれど、私は生まれてこの方、兄を可哀想《かわいそう》だと思ったことはない。そして実際、兄のそんな評判も、兄が成長するにつれ、いつの間にか全く変わったものになっていった。

母親同士の仲が良く、年もそう離れていない兄は、物心ついた頃から私の一番の遊び相手だった。兄と遊ぶのはいつだって楽しくて、ケンカらしいケンカをしたことはなかった。

温厚な兄に怒られたことはほとんどないが、一つだけとても印象に残っている記憶がある。

それは私が誰《だれ》にも告げず、街へ遊びに行ったときのこと。それまでにも、何度か兄と一緒に城を抜けて街へ出ていたが、その日はふと一人で出かけてみたくなったのだ。

子どもだった私は、いつも出かけているし大丈夫だろうと、本当にただそれだけしか考えていなかった。

そのことをひどく後悔したのは、体格の良い男達に乱暴に担がれて、監禁される羽目になったときだった。初めての冒険に浮かれていた私は、知らず知らずの内に、今まで近づいたことのない、治安の悪い区域に足を踏み入れてしまっていたのだ。

一度抵抗しようとして、生まれて初めて頬《ほお》を殴られ、早々に心が折れた。粗末な椅子に拘束された私は、男達が親元に身代金を要求するのと奴隷《どれい》として売るのとどちらが金になるか、という相談をしているのを、絶望的な気分で聞いていた。

家はどこか問われた私は、咄嗟《とっさ》に従兄弟の婚約者の実家である伯爵家の名前を出した。王族だなんて言えるわけがない。王子の誘拐など重罪も重罪だ。きっと証拠隠滅のために、すぐ殺されるだろうと思った。

男達が去り、光のあまり入らない薄汚い小屋で一人きりになった私は、泣きべそをかきながら心底後悔していた。いったいいつまでここにいれば良いのか、もう一度城に戻ることができるのか、不安で堂々巡りの考えにひたすら耽《ふけ》っていたら、小屋の扉がバーンと大きな音を立てて開いた。

急に明るくなった小屋の入り口から飛び込んできたのは、兄と兄が連れてきた衛兵達だった。

兄は真っ直《ます》ぐ私の下へ駆けてきて、拘束を解くと痛いぐらいの力で私を抱きしめ、怒鳴った。

「この馬鹿！　なんで一人でふらふらするんだ！　お前に何かあったらどうする?!　今回だって奇跡的に見つかっただけなんだぞ！　もしお前が傷つけられたら、セリーヌ妃がどれだけ悲しむと思う？　父上だって……もちろん俺だって」

私を抱きしめる兄の肩は震えていた。それに気づいたらもうだめだった。すでに流れていた涙は、ダムが決壊したように溢《あふ》れ出て止まらなくなった。

「うぅ………ごめんなさい、兄上」

兄は身体《からだ》を起こして私を放すとすぐ、私に背を向けて言った。

「それに、お前は王子なんだ。皇国の次代を担う者なんだからな。ちょっとは自分の立場も自覚しろ。これ以上は、帰ってからセリーヌ妃と父上が説教するだろうけど」

兄の声は震え、掠《かす》れていた。どうやら、兄もまた泣いていたらしい。


それから城に戻った私は、父と母にたっぷりと怒られた。母なんて、いつもは聖母のような優しい顔をしているのに、そのときは見たこともない鬼のような形相をしていた。私は当面の外出禁止と、自室での謹慎を言いつけられた。

後から聞いた話によれば、私の不在に気がついた兄がすぐに騎士達を連れて街へ行き、手当たり次第目撃者を探して私の居場所を見つけてくれたらしい。

そして、こっそり抜け出していると思っていた、いつもの兄との街歩きについては、兄が私と兄の護衛騎士に行き先を伝えていたらしい。子どもながらに魔力も豊富で剣の腕が立つ兄が一緒なら、と両親も半ば認めていたものだったということも、そのとき初めて知った。

たった二歳しか離れていないのに、兄は随分上手に立ち回ってくれていたのだ。


思春期に差し掛かると、この兄の優秀さが私を苦しめた。

私達が少し大きくなると、周囲は私と兄を当然のように比較するようになった。学業においては、少し私がリードしていたけれど、兄の成績が優秀でなかったわけではない。

そして武芸に関しては、正直比較にもならなかった。もちろん努力はした。努力はしたが、一体誰があんなのに勝てると言うのか。弱冠十二歳にして、この国一の剣術の師匠に、「参りました。これ以上お教えできることはありません」と言わしめた、あの怪物に。

貴族の間では、それでも私の支持派閥が多数派だったが、その一番大きな理由は、隣国の姫であり正妃である母が高貴な血筋を有していること。決して私自身の能力や人柄を認められてのことではない。

他方、兄は血筋で言えば圧倒的に不利ながら、卓越した才覚と人たらしと言えるその人柄で、徐々に支持者を増やしていると言うのに。

私はその状況にすっかり拗《す》ねて、兄にもしばしば八つ当たりするようになった。


八つ当たりをする度に、兄は怒るでもなく、へらへらと笑いながら、「まぁ、ちょっと付き合え」などと言っては私を連れ回した。

あるときは兄が最近見つけたという、片道半日近くもかかる場所にある泉に。またあるときは、後輩に教えてもらったという山奥の狩場に。しかも、兄の体力に合わせて馬鹿みたいに動き回るものだから、帰ってくる頃には私はへとへとになっている。

しかし、不思議なことにその外出が終わる頃には、心地《ここち》良い疲労感とともにスッキリした気持ちになっていて、私のやさぐれた心はどこかへ行ってしまっている。
そして私は何故《なぜ》か、どんなにやさぐれていても、兄の「ちょっと付き合え」を断れない。人たらしの兄に日々色んな人々が絆《ほだ》されていったが、一番昔から深く絆されているのは、きっと私に違いない。

兄が十八になったとき、兄は王位継承権を棄《す》て、騎士団に入った。母を除く妃達や高位貴族達の、兄と兄の母への当たりは厳しかったし、兄にとって王宮での暮らしは窮屈だったのだろう。兄の母であるアリシア妃が亡くなるとすぐ、あっさりと長年の婚約者とも別れ、城を出て行ってしまった。
兄が出て行くとき、とても悲しかったのを覚えている。兄にとって、私は置いて行っても平気な存在なのかと。密《ひそ》かに兄を溺愛《できあい》していた父も大いに悲しんでいたのだが、残念ながら父の愛は兄には全く伝わっていなかったと思う。

それから兄はあっという間に騎士団で数々の功績を重ね、歴代最年少で騎士団長になった。
兄は常々、「俺は脳筋だからな。お前は賢い王になれ」と言っていたが、本物の脳筋に騎士団長なんて務まるわけがない。当時は適切な参謀もおらず、一人で騎士団の統率も戦略の検討も行っていたくせに。

父が崩御し、私は若くして王位を継ぐことになった。それと同時に兄は騎士団すら辞めて、市井に下ると言い出した。

「いったい何を考えているのですか！　兄上！」

「クロードならもう充分団長を任せられるし、他の団員達も育った。騎士団は、もう俺がいなくても問題ない。だから俺はここら辺で騎士団長は辞めて、冒険者でもやろうかと思ってな」

「……兄上に玉座を押し付けられた可哀想な弟のことは、少しも心配してくださらないのですか」

つい拗ねたように言うと、兄は困ったように眉《まゆ》を下げた。

「お前には申し訳ないとは思っているが、お前はとびきり優秀だ。それに側近達も優れた人材が集まっているだろう？　きっと、賢く国政を取り仕切っていけるだろう。幸いお前には息子達もいるし、後継者についても心配ない」

「それでも市井に出ることはないではないですか。騎士団を辞めるなら、今こそ兄上が拒まれていた爵位授与を受けてどこかの領地を……」

「俺が政界にいない方が良いこともあるだろう？」

兄の言葉に私は黙るしかなかった。兄を支持していた派閥は熱狂的な人々で、未だに根強く兄を王にと推していた。兄は王位継承権を棄てているにもかかわらず、それすらなんとかしようと画策している動きも見られた。

このまま兄が叙爵すれば、兄自身の意思とは裏腹に、いつか担ぎ上げられてもおかしくはなかった。

「税で生活させてもらっておいて、無責任に王族としての義務を放棄して申し訳ないと思っている。だが、市井で生活しても、城の外からお前を支えたいという気持ちには変わりはない」

「ではこれからも力になってくれるのですか」

「あぁ、諜報《ちょうほう》でもなんでも使ってくれ。幸い大衆向けの行事にはほとんど出席していないから、王族としてはそんなに顔も割れてないだろう」

こうなった兄は絶対に意見を変えない。仕方がない。私も腹を括《くく》って兄に向き直った。

「言いましたね。約束ですからね。私の治世の間は、思いっきり役立っていただきますから」

「あぁ……まぁ、お手柔らかに頼む」

急に不安そうな顔でそう言った兄には、とびきりの笑顔で応《こた》えておいた。


それから、兄は冒険者としてもあっという間に実績を積んでいった。一番有名なのは、エレギルをほぼ一人で討伐したこと。なんなんだ、一体。……そんなことが人間にできるのか？

たしか伝説では、ダイナスの建国王が荒地を切り開く際に倒した最強の魔物が、エレギルだったのではないかと言われている。もっともあれは、象徴としての建国王の存在感を高めるために、騎士団が総力戦で得た結果を献上したのだ、と父は言っていたけれど。

気がつけば兄は国内唯一のS級冒険者となり、世界的に有名な人物になっていた。一方で、私が時々依頼する調査などもしっかりこなしてくれている。

そんな異色の存在になった兄は、最近、これまたずば抜けて異色な恋人を得た。異世界からやってきたと言う、黒髪黒目の心優しい青年。長年瘴気《しょうき》に悩まされてきたダイナスの恩人でもある。

イトウ殿と暮らすようになってから、今まで各地を放浪していた兄は、ミリエルに腰を落ち着けることにしたようだ。兄は、イトウ殿と暮らすようになって、随分柔らかい表情をするようになった。

兄が幸せそうにしている姿を見るのは、弟として素直に嬉《うれ》しい。

今の兄の立場はものすごく曖昧《あいまい》だ。王位継承権を放棄したからといって、王族の身分がなくなるわけではない。兄は相変わらず冒険者をやっていて、爵位も正式な役職もないのに、密かに私が国政にも関わらせている。

この兄の扱いについて、誰にも文句を言わせるつもりはないが、兄は今なら叙爵を受けてくれるかもしれないとも思っている。

今のところ私の足元はしっかり固まっているし、今の兄は落ち着いた生活を望んでいるかもしれないから。機会を見て、もう一度打診してみよう。


「さて、次はどんな用件で兄上に来てもらおうか」

そういえば、エドワードの剣術の師が故郷に帰りたいと言っていたな。ちょうどいいではないか。最強の剣士である兄なら、エドワードの師としてこれ以上なく適任だ。それに、最近どんどん生意気になってきた彼のことを、兄ならきっと上手《うま》く扱ってくれるだろう。

剣術の指導を頼めば、ある程度の期間、兄は定期的に城へ通ってくれるはずだ。それならついでに騎士団の様子も見てもらえば良い。騎士団の中には未だに兄を慕う者が多いから、彼らの士気の向上にも繋《つな》がるだろう。できればちょっと公務も手伝ってもらおう。
私は早速、兄に向けた伝令を飛ばした。

きっと兄は面倒くさそうな顔をするに違いない。けれど結局引き受けてくれるだろう。何しろ、私のお願いはほとんど断られたことがないのだから。

イトウ殿には悪いが、私はまだまだ兄離れするつもりはないのだ。

祝祭の夜

朝、隣で眠る恋人の寝顔をそっと眺める。アキラは大体俺より後に目覚めるので、ほとんど毎朝の習慣になっている。

寝癖がつきやすいのか艶《つや》やかな黒髪は今日もはねていて、今朝《けさ》もまた、髪を必死に整えることになるだろうなと考える。

アキラはもともと年齢よりずっと若く見える。なかなか見ないくらい肌のきめが細かいし、なんというか全体的につるんとした顔立ちなのだ。ただでさえ若く見えるアキラの無防備な寝顔は、もはや少年のようですらある。薄く開いている口元が特に愛らしい。

そうしてしばらく眺めていたら、彼がもぞもぞと動き始めた。そろそろ目覚めるのだろう。

おはよう、と声をかければ、寝起きのくぐもった声でおはよう、と返してくる。一度薄ら瞼《まぶた》が開いて神秘的な黒い瞳《ひとみ》が見えたけれど、またすぐ瞼は閉じてしまった。よく見る光景に、思わず小さく笑ってしまう。

「おい、今日は午前中から出かけるんだろう？　だったらそろそろ起きないと。食後にゆっくりコーヒーを飲む時間がなくなるぞ」

「うーん……うん。起きる起きる……」

……これは放っておいたら、まだ一時間は寝るな。

俺は体を起こし、思いきり掛け布団をめくり上げた。

「んん〜」

布団を剥《は》ぎ取られてやっと、アキラが再び目を開けた。緩慢な動きで上半身を起こすが、うつらうつらしていて、まだ完全な覚醒《かくせい》は遠そうだ。

「おはよう」

声をかけて額に口付ける。これも変わらない朝の習慣だ。

寝起きのアキラはなかなか色っぽい。いつもよりぼんやりとした表情も、少し舌っ足らずになる話し方も、時々寝巻きが肩からずり落ちてきめ細やかな肌が露わになっている様子も。普段はどちらかというとあまり隙を見せないタイプの彼が、これほど無防備になっているのが見られるのはたぶん俺だけだ。そのことに密《ひそ》かに優越感を感じている。

まだぼんやりしている彼を見ていると、悪戯《いたずら》心が湧《わ》いてきた。軽く顎《あご》を持ち上げて柔らかい唇に口付け、貪《むさぼ》るようにどんどん口付けを深くしていくと、アキラの息が上がってくる。徐々に変わっていく反応に興奮して、つい夢中になって、このまま押し倒す勢いで続けていたら、アキラからストップがかかった。

「んっ。ちょっと待ってって！　朝なのに！　だから今日はもう出かけるんだって。このままだと俺、出発できなくなるから！　この前だって結局、間に合わなかったんだからなっ！」

頬《ほお》を赤く染めて、肩で息をしているアキラに睨《にら》まれた。そんな顔で睨まれても迫力なんて全くなくて、可愛さしかないぞ。

にやっと笑って、「目が覚めただろ?」と訊《き》けば、アキラはさらに顔を赤くして、「普通に起こしてくれればいいんだってば!」と軽いパンチを飛ばしてきた。

一緒に朝食をとって、ヘイズが淹れたコーヒーを飲む。アキラにとってはこの時間が至福らしく、本当に美味《おい》しそうにコーヒーを飲む。

前に、元の世界での生活でだってこんなに美味しいコーヒーはなかなか飲めない、と言っていた。眠気覚ましのためじゃなくて、ただ純粋にコーヒーの味を堪能できるってなんて贅沢《ぜいたく》なんだ、とも。

俺はどちらかと言うと紅茶派だったが、毎日アキラとコーヒーを飲むようになってからは、コーヒーを好んで飲んでいる。

少しゆっくりしてからアキラを送り出す。今日もまた、マクスウェル商会での打ち合わせだそうだ。俺もついていくと言ったのに、なぜか今日は大丈夫だと断られてしまった。

俺は、アキラがそそくさと身支度を整え、家を出て行くのを見送りながら、彼と会ったばかりの頃《ころ》のことを思い出していた。

その赤毛の魔術師は、思えば最初から、平凡な見た目に反してやけに気になる存在だった。

かなり年下かと思ったが、訊けば俺と二つしか年が変わらないと言う。貴族の出だろうか、やけに丁寧な話し方をする男で、粗野な者が多い冒険者達の中で、異色な雰囲気を醸し出していた。

彼はよく、魔術師をパーティーメンバーに入れたい冒険者達に絡まれていた。いちいち相手をする必要もないのに、彼は毎回足を止めて話をしてから丁寧に断っている。

冒険者は気が荒く押しの強い者が多い。

ひょろりとして大人しそうな彼が心配で、しつこく絡まれているところに居合わせれば、手助けするようになった。

気になり出すと止まらず、いつの間にかギルドで彼を見かければ、目で追うようになっていた。

彼はミリエルに来たばかりでもないのに、どう見ても周りに馴染《なじ》んでいなかった。つい気になって、内心余計なお節介だと嫌がられなければいいなと思いながら、意識的に声をかけるようになった。何度か話しかけるうちに、彼の俺に対する態度が軟化してきた。

警戒心の強い動物が少しずつ懐いてくるようで、ますます世話を焼きたくなった。ちなみにこういう場合の例えでよく使われるのは猫だが、彼を表すなら猫より犬だと思う。気まぐれも甘えもなく、ただちょっとずつ近寄ってきてくれる犬。

ある日、急な応援依頼に彼を半ば強引に連れて行った。正直なところ、彼に声をかけたのは彼を戦力として当てにしていたわけではなく、これを機に他の冒険者達とも交流してくれればと思ったからだったが、彼の腕前は想像以上だった。

討伐が終わった後、皆で酒を飲んでいると、腐れ縁のザスがにやにやしながら声をかけてきた。

「あいつだろ、最近話題の魔術師は。それであんたはどうするんだ？」

「どうするってなんだ。今回は人が足りなくて無理に連れてきただけだ」

「またまたー。あんたと何年つきあいがあると思ってんだ。あんたはあいつを気にしてるだろ」

「気にはしてるがお前が思ってるような意味でじゃない。だいたいあいつは今、あの優男アルフォンスの猛アプローチを受けてるところなんだよ」

「ふーん？　少なくとも外見はあんたも全然負けてないと思うけどな。俺から見てもいい男だし。俺はそろそろ英雄ジル様の浮いた話も聞きたいわけよ」

「何言ってんだ、俺をいじるネタが欲しいだけのくせに」

「まぁそうなんだけどさー。まぁいいや。俺は陰ながら応援しておくことにするよ」

そう言うと品のない笑顔を浮かべながら、追加の酒を注文しに行った。


仮に俺が彼のことを恋愛的な意味で好きだったとしても、俺だって、上手《うま》くいきそうな二人の間に割って入るような野暮なことはしない。アルフォンスは彼にベタ惚《ぼ》れだし、彼も満更でもなさそうに見える。いまさら俺の入る隙などないだろう。

……と、そのときは本気でそう思っていたのだが、予想外の出来事が続いた。

初めて彼の素の姿を見たときは衝撃的だった。

艶やかな癖のない黒髪に、黒曜石のような柔らかな黒の瞳。俺の知る赤毛の魔術師とは全くの別人だ。異色だが惹《ひ》きつけられるその容貌《ようぼう》に、思わず目を奪われた。

その後、正確にはいつ明確な好意を持つようになったのかは覚えていない。

ただいつの間にか、俺は彼のそばにいたいと願うようになった。できれば特別な存在として。

気持ちを伝えてから受け入れてもらえるまでなかなか色々あったが、未だにあの頃のアキラの反応を思い出してはにやついている。

俺と大して年も変わらない男は、なんとも素直で可愛《かわい》らしいのだ。


過去の思い出に存分に浸ったところで、やることがないので仕方なく王宮に顔を出すと、アレクに捕まって政務の手伝いを押し付けられる羽目になった。

夜には屋敷に帰るからほんの数時間しか協力できないと言ったのに、文官が持ってきた書類の量がおかしい。しばらくは山積みの書類と格闘していたが、そろそろ限界だ。

俺は書類仕事が好きではないのだ。頭を使う仕事なら、アレクの方がよっぽど向いている。これなら騎士団の訓練に参加した方がまだましだ。

最近は、エドの指導のために頻繁に王宮に出入りしているので、ついでだからと色々押し付けられることが多い。さっさと王宮を出て、先に全《すべ》てを丸投げしたのは俺だが、ちょっとは容赦してほしい。

思わず独り言が零《こぼ》れる。

「はぁ……疲れた。さっさと終わりにして、アキラとゆっくりしたい」

最近のアキラは忙しい。

アキラの元の世界の知識は新製品の開発にかなり役立っているらしく、マクスウェル商会との打ち合わせやら、試作品の確認のための工場訪問やら、仕事での外出がしょっちゅうある。

加えて、俺が王宮に来る際には、魔塔でなにやらルイスの研究に付き合ったり、騎士団へ顔を出したりしているらしい。以前よりさらに宮廷魔術師や騎士達と仲良くなっている。

ルイスに至っては、そんなに自由に動ける役職でもないだろうに、平日でも普通にミリエルの屋敷に訪れてくるようになった。そして、ちゃっかり我が家で夕食を食べて帰っていくのだ。「やっぱりコリーさんの食事は絶品ですねー」などと満足気に言いながら。

我が家をレストラン代わりに使うなと言いたい。

……つまり、アキラと二人きりで出かける時間があまりない。

それに、アキラの交友関係が広がって楽しそうにしているのは嬉《うれ》しいが、実は手放しでは喜べない。

マクスウェル商会は問題ない。アキラは気づいていないが、キールとオリバーはたぶんそういう関係だし、二人は信用に足る人間だ。マクスウェル商会での打ち合わせの様子を、楽しそうに話すアキラを見るのは俺も楽しい。

ルイスもまぁ良い。本命が他にいるので心配はない。狙《ねら》った相手にはかなりグイグイ行くタイプなので、相手がかなり気の毒ではあるが。

最近留学に来たという、レノスのナジカ殿下もまだ良しとしよう。彼は異様にアキラに懐いていて、ことあるごとに街歩きやらなんやらに誘ってくるが、アキラが年の離れた弟扱いをしているのは明らかだ。

問題は奴《やつ》だ。何かが振り切れたのか、堂々とアキラを誘いにくる銀髪優男野郎である。

一応しばらくは控えめに接しているように見えたアルフォンスは、今では遠慮なく友人面をしてくるようになった。友人面どころか親友面だ。

たまに冒険者として依頼を受けた先でも一緒になったりするらしいが、正直、俺は偶然ではないのではないかと疑っている。奴と遭遇するのは、なぜか俺と一緒のときではなく、アキラが一人で依頼を受けているときばかりだからだ。

奴が何を考えているかはわからないが、なんとなくまだアキラに未練があるのではないかと俺の勘が言っている。奴にアキラの周りをウロウロされると、ちょっともやもやする。

もちろん、格好悪いのでアキラには言えないが。

気分転換に窓を開けると、思ったより冷たい風が入ってきた。秋もすっかり終わりに近づいている。

ミリエルは比較的温暖な気候だから、北部と違って本格的な冬支度は必要ない。それでも毎年何回かは雪で外出が難しくなる。

きっとヘイズを中心に、屋敷でも冬に向けた準備を始めているところだろう。


今日は生誕祭の日だ。本来はダイナスの建国王の誕生日を祝う祭だが、最近では建国王に思いを馳《は》せる国民はほとんどいないと思う。昔は、王家主催の豪勢なパーティーなどが開かれ、貴族は出席が義務付けられていたようだが、そんな慣習も数代前の王のときに廃止されている。

今では単純に、厳しい一年を無事に過ごせたことに感謝し、来年も健やかに過ごせることを願う、そんな祝祭だ。

生誕祭の夜は、貴族であろうが平民であろうが、基本的には領地や故郷に戻って、家族水入らずで過ごす。

遠く離れた王都で働く娘や息子を持つ親達にとっては、一年に一度、ゆっくり子ども達と過ごすことのできる特別な日なのだ。


生誕祭の日になると毎年、母のことを思い出す。「今年も上手く焼けたわよ。私って天才」と言いながら、焼きたてのチーズタルトを持って、満面の笑みを浮かべる母の顔を。

俺がまだ王子であった頃《ころ》、生誕祭の日には毎年、王と妃達とその子ども達が一堂に会して晩餐《ばんさん》会が開かれていた。豪華な食事と著名な音楽家達による演奏。

けれど、俺の楽しみはその後だった。

王宮の晩餐会が終わった後、母の部屋で、母と俺とごく親しい従者達で開く、ささやかな集まり。

母は決まって、自ら焼いたチーズタルトを振る舞ってくれた。母の祖国では、生誕祭と似たような祝祭の際に、チーズタルトを用意する慣習があるらしい。ダイナスの生誕祭とは日付も違っているようだったが。

母のチーズタルトと、侍女のモニカが淹れてくれる美味《おい》しい紅茶、そして気の置けない人達との穏やかな会話。ここでは、誰かの顔色を窺ったり、揚げ足を取られないように気を張ったり、上辺だけの会話を繋《つな》ぐ必要はない。この温かな時間こそが、俺にとっての生誕祭だった。


母は東方の国出身のとても有名な歌姫で、公演のために色々な国を巡っていた。ダイナスを訪れた際に、たまたま公演を見に来ていた父の心を射止めたらしい。

知名度だけはあるけれど、平民階級であった母は、王宮においてはかなり難しい立場だったと思う。

幸いにも、元々歌手としての母のファンだったという、正妃でありアレクの母であったセリーヌ妃は、始めから好意的に接してくれた。そのおかげで、公式の場では、俺達親子はあまり肩身の狭い思いをせずに済んだ。

好きな仕事で成功し、新しい土地を訪れるのが大好きだったという母が、王宮に入って幸せだったのかどうかはわからない。

それでも母はいつも楽しそうに笑っていた。

息子である俺にはありったけの愛情を注いでくれたし、セリーヌ妃と母は、まるで親友のように仲が良かった。だから自然と、アレクと俺も、王族にしては珍しいくらい仲の良い兄弟になれたと思っている。

正直なところ、先代の王であった父については、あまり思い入れがない。殊更冷たくされた覚えもないが、特に親密な関係だったかと言われるとそんなことはない。親子というよりは王と臣下の関係に近かった。

母は俺が十八歳のときに流行病《はやりやまい》で亡くなってしまったが、病に倒れる少し前に言われた言葉は今も覚えている。

「ジルの意思次第だし難しいかもしれないけど、あたしはできたら自由に生きてほしいな。ジルならどこでだってやっていけるわ。なんていったってこのあたしの息子だもの。若い頃は、もし自分に歌の才能がなかったら、冒険者になろうって本気で思ってたのよ」

そう言って母はふふ、と笑っていた。華奢《きやしや》な見た目に反して豪快な人だった。

「あとはそうね、本当は心から愛する人を見つけてほしいなぁ。あたしはこんな形だけど、それはとっても幸せなことだから」

物心ついたときから、余計な争いの火種にならないよう、アレクとの差別化を心掛け、自分の立ち位置を探ってきた。王宮を出て騎士団に入ったのも、唯一自信のある剣で、自分なりにアレクを支えられると思ったからだ。

だけど結局、俺は騎士団も離れ、アレクに甘えて好きなようにやっている。行き着いたのが冒険者だったのは、母の影響も少しはあるかもしれない。

そして今、やっと見つけた最愛の恋人と暮らしている。

俺は、母が誇れるような大人になれただろうか。なんとなく、もし今母に近況報告ができたら、よくやったと笑ってくれるような気がした。


今日は初めてアキラと共に過ごす生誕祭だ。ヘイズやマーサ、シェフのコリー達が張り切って準備してくれていることだろう。

実は俺もアキラに贈り物を用意している。喜んでくれるといいが、と屋敷の書斎の引き出しにしまってある小箱を思い浮かべた。

せっかくだから、アキラと少しミリエルの街を歩いてみてもいいかもしれない。真面目《まじめ》なアキラは毎日、何時頃帰ると伝えてくるから、迎えに行けば会えるかもしれない。今日なら露店が出て、街は賑《にぎ》わっているだろう。最近二人で出かけることがあまりなかったが、久しぶりに楽しい時間が過ごせそうだ。


再び現実に目を向けると、アレクに与えられた執務室の机には、相変わらず山積みの資料が置かれている。俺の努力にもかかわらず、あまり減っていない。

しかし、こんな日に帰りが遅くなるわけにはいかない。残りは放置して帰ろう。まさかアレクも今日中にこれら全てが処理できるなんて思っていないはずだ。

　そう決めた俺は、文官に声をかけてさっさと執務室を後にした。

＊　＊　＊

　何度も来ているはずの街は生誕祭ムード一色で、いつもと様子が違って新鮮だ。そう、今日は生誕祭なのだ！

　キールによると、家族で集まって食事をとって、団欒《だんらん》を楽しむ日らしい。たぶん、欧米でのクリスマスみたいなものかなと思う。日本だとクリスマスはどっちかっていうとカップル向けのイメージだから、年末年始とかそんな感じかな。

　今日は朝からマクスウェル商会での打ち合わせだった。主に新製品の試作品についての検討だ。ジルがついてきてくれるって言ったけど、今日に限っては一人で行きたかった。なぜなら、こっそりキールに注文していた、ジルへのプレゼントをまだ見られたくなかったから。やっぱり、せっかくだから二人だけのときに直接渡したい。

　ダイナスに来てから初めての生誕祭ではないけれど、以前は祭を楽しむ余裕なんてなかった。いつも通りさっさと家に帰って引きこもっていたし、特に外の様子に関心もなかった。

　今回はちょっと祭の雰囲気を味わってみたくて、屋敷に戻る前に、ミリエルの街で寄り道すると決めていたのだ。

普段から活気のある街だが、今日は特別露店が多くて賑わっている。通りに面した店々には、この日のための色鮮やかな装飾品が飾られていて、視覚的にも賑やかだ。心なしか、道ゆく人達も浮かれているように見える。


こんなに露店が出るなら、打ち合わせなんて入れずにジルと街歩きでもすれば良かった、と思いながら歩いていると、雑貨店の前で店のおやじに声をかけられた。

「そこのお兄さん、飾りの準備はちゃんとできてるかい？　まだだったらまぁ見ていきなよ。一つあれば、ぐっと生誕祭らしくなるぞ。安くしとくからさ」

「じゃあ、見ていこうかなぁ」

店に並ぶ色とりどりの飾り達は、ほとんどが木製で、なんとなく懐かしい感じがする。

どれにしよう。屋敷の主要な場所の飾りは、ヘイズさん達が準備してくれていそうだ。ヘイズさんもマーサさんも祝祭を大事にしているようで、朝からとても張り切っていたから。だとしたら、部屋に飾れる小さめのものがいいかな。

売られている飾りは、壁や窓に掛けるタイプのものから、わりと大きめの置き物まで、実に種類豊富だった。全《すべ》て一点もののようで、全く同じデザインのものは見当たらない。

しばらく悩んで小振りの木の置き物を選んだ。

モチーフはよくわからないけど、鮮やかな緑の服を纏《まと》った小人みたいな生き物が、木の下に佇《たたず》んでいるデザインだ。所々ビーズがあしらわれていてキラキラして綺麗《きれい》だし、小人もどきの顔も可愛《かわい》い。ちょっと北欧っぽいデザインで、インテリアとしてもお洒落《しゃれ》だ。俺のセンスには自信ないけど。よし購入しよう、と思ってその置き物を手に取ったとき、近くで小さく「あっ」という声が聞こえた。声のした方に顔を向けると、栗色の癖っ毛の少年と目が合った。

「これが欲しいの？」

少年に問いかけると、無言で頷《うなず》いた。

「じゃあどうぞ。俺は別のものを買うからいいよ」

少年はなんだかもじもじしながら、ありがとう、と言った。シャイボーイだな。

少年の後ろから彼とよく似た栗色の髪の女性がこちらに近づいてくる。たぶん彼の母親だろう。

「すみません、譲っていただいて。本当によろしかったですか？」

「ええ。他にも気になっていたものがあったので」

ありがとうございます、と言うと女性は少年と手を繋いで支払いカウンターへ向かった。

しばらくどれにするか悩みながら店内をぶらついた後、ふと窓の外に目をやると、先程の母子と男性が歩いているのが見えた。きっと彼が父親だ。

窓の外の家族は何事か話しながら笑い合っていて、それは絵に描いたような幸せそうな光景だった。

結局悩んだ末に、少年に譲った置き物の色違いを買った。小人の服が青色で、若干ではあるが顔つきも違うけど、それ以外はほぼ同じ。思ったより俺はこのデザインが気に入っていたらしい。

店から外に出ると、ひんやりとした空気に包まれた。予想していたよりずっと寒くてびっくりしてしまう。

店が連なる通りの雑踏を抜けると、閑静な住宅街のエリアになる。今日はほとんどの家が灯《あか》りを灯《とも》していて、窓から一家団欒の様子が見える家もある。

子どもの頃《ころ》は、家でクリスマスパーティーとかやってたなぁ。父さんが近くのケーキ屋でホールのケーキを買ってきて、年によっては母さんが特別なメニューを作ってくれたりして。もちろん出来合いの惣菜《そうざい》のときもあったけど、それはそれで嬉《うれ》しかった。ちょっと贅沢《ぜいたく》な気分になれたから。

小さい頃は、弟のシュンヤとクリスマスツリーの飾り付けをやったりもしていた気がする。キリスト教徒じゃないどころか無宗教なんだけど、毎年クリスマスはワクワクしてたんだ。なんといってもクリスマスプレゼントを貰《もら》えるしね。いやー、いつも何をねだるか悩んだな。

社会人になってからは、たまにシュンヤが突然、お兄ちゃんどうせ一人だろ、とか言って、奴《やつ》のお気に入りの店のローストチキンを持って家に上がり込んできてたなぁ。チキン以外の食べ物やらシャンパンなんかは全部、寒い中俺が買いに行かされるんだ。

家に来る年は毎回連絡もなしに突然やってきて朝まで居座るくせに、奴に彼女がいる年は全く音沙《おとさ》汰《た》なしなのだ。薄情者ー！　所詮《しょせん》、男兄弟なんてそんなもんだ。

そういえばこの世界に来る前の何年かは、クリスマスはもちろん、年末年始やお盆もあんまり実家に帰ってなかった。仕事が忙しかったのもあるけど、いつでも帰れるから今帰らなくたっていいやと思っていたのだ。

こんなことになるって知っていれば、もっとちゃんと帰省したのに。

すぐ近くに見えているはずの家々の優しい灯りが、なんだかすごく遠く感じて、急に心細くなってきた。まるで今日のこの街に溶け込めずに、一人きりで彷徨《さまよ》っているような気分になってくる。

変な話だ。ちゃんと帰る場所もあるし、ほんの数時間前まで、キールやオリバーさん達と楽しく過ごしてたのに。

寒いのがいけないのだ。おまけに風まで出てきた。冷たい風に吹かれていると、謎の寂寥《せきりょう》感に襲われる。

ジルに会いたい。ジルに会いさえすれば、こんなセンチメンタルモードなんて一瞬で吹き飛ぶのに。

ジルに会って、あの優しい瞳《ひとみ》を見て、分厚い体に抱きつきたい。今、切実にジルの温《ぬく》もりが欲しい。

「アキラ」

あれっ？　幻聴？　今一番聞きたかった声が急に聞こえた気がした。

「まいったな。なんとなくアキラが歩いて帰って来る気がして、上手《うま》く落ち合えば露店を一緒に見て回れると思ったんだが、もうこんなところまで来てたか。一足遅かったな」

幻聴じゃなかった。会いたいと思っていた人は、決まり悪そうに頭を掻《か》きながら、俺の前に立っていた。その姿にすごくほっとして、さっきまでの寂しさが嘘《うそ》みたいに消えていく。衝動のままその大きな体に飛び込むと、たしかな温かさを感じた。


「ん？　どうした？　外でアキラが抱きついてくるなんて珍しいな。なにかあったか？」

「……うーん。ちょっと寒かったんだ」

「もう秋の終わりだからな。そろそろ暖かい服も用意しないとな。体が冷えてる。家に帰るか？」

「うん。帰りたい」

帰りたい。俺達の家に。


ジルと屋敷に帰ると、すぐにヘイズさんが迎えてくれた。

おぉー。屋敷も完全に生誕祭モードだ。これはかなりテンションが上がる。

入口には木製の大きな置き物が置かれているし、廊下には至る所にガラス細工のオーナメントが飾られている。ライトの光を受けて、それらはキラキラと輝いていて、普段は落ち着いた印象の屋敷が華やいでいる。

朝はこんなのなかったから、きっと日中に頑張って飾り付けてくれたんだろう。

コリーさんが今日のために一生懸命考えてくれたというディナーは、控えめに言って最高だった。

美味《おい》しくて温かい料理で心も体も温まったら、ものすごく満たされた気持ちになった。

なんだったらこのまま寝たいくらい……だけどだめだ、流石にそれはもったいない。今日はまだやりたいことが残っているんだから。

＊　＊　＊

城から戻ったら、意外にもアキラが帰ってくるまでまだだいぶ余裕があった。少しだけ城から持ち帰っていた資料に目を通していたら、いつの間にかうたた寝をしてしまったらしい。気がついたらすっかり日が暮れていた。

まずい、もうアキラが帰ってくる時間だ。急いで屋敷から街の中心地への道を歩いていると、アキラが寒そうに腕を組みながら、俯《うつむ》いて歩くのが見えた。残念、露店のエリアは通り過ぎてしまったか。寒そうだし、今から戻ろうと提案するのも躊躇《ためら》われる。

とりあえずアキラに声をかけたら、なぜか目を見開いて、そのまま突進してきた。これは珍しい。アキラはいつも恥ずかしがって、人目のあるところで俺に触れたりしないからだ。たまに俺が軽いスキンシップをとろうとすると、大体照れたように外だからやめろよ、とかわされる。

どうしたんだ、と訊《き》いたら寒かったという返事が返ってきた。たしかに体が冷えているが、それだけではないだろう。

もしかして、寂しかったのだろうか。生誕祭は家族で過ごす祝祭だから、元の世界にいる家族を思い出したのかもしれない。

だとしたら、やはりもっと早く迎えにくればよかった。アレクに押し付けられた資料を読んで、呑気《のんき》に寝ている場合じゃなかった。


ディナーはコリーの本気を感じる出来栄えで、アキラはものすごく満足そうだった。食事の後、これ買ったんだ、と言ってアキラが小さめの置き物を出してきた。

「見て。結構お洒落じゃない？　モチーフはわからないんだけど」

「これはニッケだな。山に住む気まぐれな妖精《ようせい》だ。たまに近隣の住民に悪戯《いたずら》をして、反応が気に入った住民にささやかな幸運をもたらすって言われてる。少し前になくした物が見つかるとかな」

「生誕祭との関係は？　この時期によく登場するとか？」

「いや、特に生誕祭との関係はないな」

「なんだ……。浮かれて関係ないやつ買っちゃったパターンか……」

アキラは目に見えてがっかりしている。俺は関係なくても全く気にならないが、アキラは気になるらしい。

「まぁ、露店で売ってる飾りなんて、外国の神様のものなんかもあるくらいだし、とりあえずダイナスのものであるだけいい方だ。そもそも生誕祭自体、本来の由来なんてとっくに忘れられてるんだ。生誕祭の飾りは、祝祭の雰囲気を盛り上げてくれるものならいいんだよ。この置き物は華やかだしいいんじゃないか」

「そっか……。まぁそういうことにしとこう」

なんとか気を取り直したようだ。

「よし。じゃあこれは寝室に飾ろう」

そう言って、なるべく自然にアキラを寝室に誘導する。もちろん、あわよくば朝の続きをしようという下心ありだ。


「ちょっと待って！　これ以上は無理。絶対、体力切れで寝落ちしちゃうから！　せっかくの生誕祭だし、今夜はもうちょっと起きて話してたいんだよ」

「別に良いじゃないか。このままくっついて寝たら気持ちいいぞ」

「それは知ってるけど……。まだ渡したいものもあるしさ。ほら、ジルもこれ着て」

渋々、アキラが投げてよこしたナイトガウンを羽織る。押しに弱いアキラだが、残念ながら今日は流されてくれなかった。

いそいそとベッドを降りた彼は、小さな包みを持って戻ってきた。

「はい、これ。開けてみて」

手渡された包みを開くと、明るい茶色の柄飾《つかかざ》りが入っていた。魔石がはめ込んであり、タッセルがついたシンプルなデザインだ。

「キールに頼んで、思いっきり丈夫な素材で作ってもらったんだ。なんかの魔物の皮でできてるらしくて、燃えにくいし破損しづらいって。魔物の名前も聞いたんだけど忘れちゃったなぁ。魔石には、ルイスさん達に協力してもらって、守護の魔法がかかってるんだ。緊急のときの結界展開とか他にも色々。俺が一緒に行けないときでも、これが役に立ってくれると思う。できればいつもつけといて」

アキラが嬉しそうに説明してくれる。

仮にもS級冒険者である俺を守ろうとする人なんて、きっと彼以外いないだろう。魔塔の面々が協力したというくらいだから、たぶんこの飾りに込められた守護の魔法も、とてつもなく複雑なものであるはずだ。何日もかけて作ってくれた物なんだろう。

俺の恋人はとても愛情深いのだ。

「ありがとう。人生最高のプレゼントだ。常につけて絶対外さないようにするよ」

そう告げると、彼はまた嬉しそうに笑った。

「俺からもプレゼントがあるんだ。少し待っていてくれ」

書斎から小箱を持ってきて、アキラに渡した。

「ありがと。これって……」

「前に言ってただろう？　元の世界では、パートナーと揃《そろ》いの指輪をつける習慣があるって。同じデザインで俺の分も作ってある」

アキラは静かに、小箱の中の銀の指輪に触れた。

「正式な婚姻もできるが、まだ抵抗があるかもしれないからそこまでは望まない。ただ、俺はアキラの、この世界での家族になりたい。お前がどこで何をしてきても、必ず帰ってくるところでありたい。

そういう気持ちで用意したんだ。受け取ってくれるか？」

結構どきどきしながら伝えたが、アキラはこちらを見たまま何も言わない。……ちょっと不安になってきた。

「……気に入らなかったか？　ちょっと重たかったか」

「いや、そんなことないよ！」

アキラが慌てて言う。それから照れたように付け加えた。

「ただ感動してただけ。ちょっと胸がいっぱいで言葉が出なかった。すっごい嬉しいよ。これはジルがはめて。ジルの指輪は俺がはめたい」

濡《ぬ》れたような真っ黒な目を細めて、柔らかく笑った彼を見て、俺はほっと胸を撫《な》で下《お》ろした。


恋人のサラサラとした黒髪を指で梳《す》きながら、その寝顔を見つめる。寝室には静かな時間が流れ、聞こえてくるのはただ彼の小さな寝息だけだ。そして、眠る彼の左手の薬指には、今日贈った銀色の指輪がはまっている。俺の左手にも。

アキラの帰ってくる場所になりたい、と言ったが、本当は、確かな帰る場所をずっと欲していたのは俺の方かもしれなかった。

明日も明後日《あさって》もその先もずっと、この幸福が続くように。今の生活をなんとしてでも守っていこうと誓う。

窓から差し込む祝祭の夜の月の光は、まるで見守ってくれているかのように、優しく俺達を照らしていた。

あとがき

初めまして、新藤皐月《しんどうさつき》と申します。この度は、数ある書籍の中から本作を手に取ってくださり、ありがとうございます。

この作品は、ちょっとした時間に気軽に楽しんでいただける、楽しい読み物を目指して執筆いたしました。

あまり派手な展開や過激な場面はなかったかもしれませんが、地味でお人好《ひとよ》しな主人公の冒険を、また冒険を続けるなかで出会う、他の登場人物達との関わりや恋の行方を楽しんでいただけたらと思います。そして読み終わった後、なんとなくほっこりとした気持ちになっていただけたら嬉《うれ》しいなと思います。

最後になりましたが、書籍化にあたりご尽力いただきました全《すべ》ての皆様、またこの本を手に取ってくださった皆様、ウェブ掲載時より応援してくださった皆様に心よりお礼申し上げます。

またいつかお会いできましたら幸いです。

新藤皐月

/Ruby collection/

神子《みこ》で召喚《しょうかん》されたけど、隣《となり》の人《ひと》がハイスペックすぎてお呼《よ》びでなかった

2021年12月24日　初版発行

著者　新藤皐月
©Satsuki Shindou 2021

発行者　青柳昌行

発行　株式会社KADOKAWA
〒102-8177
東京都千代田区富士見2-13-3
電話：0570-002-301（ナビダイヤル）
https://www.kadokawa.co.jp/

印刷所　株式会社暁印刷

製本所　本間製本株式会社

デザイン
フォーマット　内川たくや（UCHIKAWADESIGN Inc.）

イラスト　兼守美行

初出：本作品は「ムーンライトノベルズ」（https://mnlt.syosetu.com/）
掲載の作品を加筆修正したものです。

●お問い合わせ
https://www.kadokawa.co.jp/（「商品お問い合わせ」へお進みください）
※内容によっては、お答えできない場合があります。
※サポートは日本国内のみとさせていただきます。
※Japanese text only

ISBN：978-4-04-112148-1　C0093　Printed in Japan